INK INK INK INK INK INK IN
K INK INK INK INK INK INK
INK INK INK INK INK INK IN
K INK INK INK INK INK INK
INK INK INK INK INK INK IN
K INK INK INK INK INK INK
INK INK INK INK INK INK IN
K INK INK INK INK INK INK
INK INK INK INK INK INK IN
K INK INK INK INK INK INK
INK INK INK INK INK INK IN
K INK INK INK INK INK INK
INK INK INK INK INK INK IN
K INK INK INK INK INK INK
INK INK INK INK INK INK IN
K INK INK INK INK INK INK
INK INK INK INK INK INK IN
K INK INK INK INK INK INK
INK INK INK INK INK INK IN
K INK INK INK INK INK INK
INK INK INK INK INK INK IN
K INK INK INK INK INK INK
INK INK INK INK INK INK IN
K INK INK INK INK INK INK

INK INK INK INK INK INK I
K INK INK INK INK INK INK
INK INK INK INK INK INK I
K INK INK INK INK INK INK
INK INK INK INK INK INK I
K INK INK INK INK INK INK
INK INK INK INK INK INK I
K INK INK INK INK INK INK
INK INK INK INK INK INK I
K INK INK INK INK INK INK
INK INK INK INK INK INK I
K INK INK INK INK INK INK
INK INK INK INK INK INK I
K INK INK INK INK INK INK
INK INK INK INK INK INK I
K INK INK INK INK INK INK
INK INK INK INK INK INK I
K INK INK INK INK INK INK
INK INK INK INK INK INK I
K INK INK INK INK INK INK
INK INK INK INK INK INK I
K INK INK INK INK INK INK
INK INK INK INK INK INK I
K INK INK INK INK INK INK

西風的話

一個農業尖兵的沉思筆記

林錦洪◉著

經商社匯 18

目錄

〔序二〕

西風吹出農業的春天

人並非在歷史中呈現自己，而是掙扎著走過歷史。

出生農家、受教農校、服務農會的前台北縣農會總幹事、農訓協會理事長並獲韓國國立順天大學校榮譽農學博士的林錦洪先生，是農會界相當獨具風格的「模範生」，一路走來，有多少人可以像他一樣，人生的每一階段都能恰如其分、踏實而自在？

二○○四年底屆齡退休的他，受《農訓雜誌》之邀，從二○○五年一月起開「西風的話」匣，雖然他謙虛的說是：「風涼話」。但話匣一開兩年的二十四篇精采文集，如：

在〈「農村憂鬱」症候群〉裡，他認爲，楊儒門雖以反對進口白米爲訴求標的，但是整體的問題在農村青年所見：老農凋零、孤守寒舍、田園荒蕪、雜草連天，引起的內心痛楚；在〈王董樓頂的菜瓜〉裡，他突然間覺得，農業界的知識分子蒸發了，由一些不懂農業甚至不關心農業的人來決定農業政策，這眞是農業界的悲哀；在〈糧食人道援外政策之探討〉裡，他建議，農會組織擅於偏遠服務，糧食人道援外任務交給農會承擔，配合其他業務或政府施政，必能得心應手；在〈台灣在哪裡？——大東亞共榮圈〉裡，他指出，兩岸分別謀生已超過百年，差異太大，不妨以「內政分治，外交結盟，經貿共營」之原則努力尋求兩岸之安定繁榮；在〈「風」與「氣」〉裡，他告訴你，氣聚匯流而成風，領導人的氣，可以帶動追隨者而形成風潮……。一向異想、敢言、不怕事的他，將農會、農業、政策、時事等場景，用「異見」抒情，引發廣大讀者的熱烈迴響，如今輯集出書，作爲《農訓雜誌》發行人的我，在西風不再吹之遺憾下，能爲他序言，著實榮幸。

入冬的台北，正值選舉季節，整個城市淹沒在喧鬧中，窗外陽明山難得悠遊的雲，拾掇西風帶來智慧的語言，不禁對這位身歷農業轉型、見證農會半世紀興衰的好夥伴，有著幾許的欽羨。

如果，《西風的話》希望能達到廣聞益智的功能，希望有勵志勸世的效果。我想，這個目的在出書前已經被傳播出去了。

（本文作者爲《農訓雜誌》發行人）

〔序二〕

西風的話序言

丁文郁

本書作者林錦洪博士，乃我農會界耆老，更是筆者敬仰的長輩。林博士擔任有我國農漁會智庫之譽的中華民國農訓協會理事長時，筆者因職務關係，須常向林博士請示、或陪同赴國外拜訪，所以有許多近距離接觸林博士的機會，每每從林博士談話與決策中，觀察到他那凡事處理看似舉重若輕，卻又思緒縝密與圓融的特質。

二○○二年「一一二三與農共生」農漁民大遊行前後，林博士以堅定意志運籌帷幄，加上指揮若定，與十三萬農漁民共同締造了這場台灣有史以來，規模最大但過程卻最平和的農民運動，扭轉農漁會覆滅的局勢。面對這麼一位睿智與風範兼具的農會傑出領導者，筆者不由自主興起將他人生歷練的智慧結晶，加以保存、流傳的念頭。

於是在二〇〇四年林博士榮退前夕，應筆者再三請託，特為我國唯一一本以農漁會為發行對象的專業雜誌——《農訓雜誌》開闢專欄，並命名為「西風的話」。雖然林博士自謙是老人講古，但由於文字洗鍊，且言之有物，在輕鬆筆觸中，自然流露出長者智慧與珠璣。所以推出以來，深受到許多讀者的青睞與好評，並紛紛將其列為每期收到《農訓雜誌》首閱的篇幅。

推出兩載後，由於林博士再再謙辭之故，讓「西風的話」專欄，在眾多讀者再三挽留與不捨下，已劃下一個完美的句點。雖然「西風的話」歇止了，但卻留下二十四篇充滿智慧與經驗傳承之大作。

思慮周密又體貼的林博士，為讓讀者便於典藏與分享，決定將「西風的話」

二十四篇雋永之作集結成冊。付梓前夕，渥蒙林博士抬愛，囑我贅綴數語以爲序。筆者在受寵若驚之餘，謹將《西風的話》來龍去脈做一番陳述，以饗讀者。在此誠摯感謝林博士兩年來筆耕不懈，讓衆多讀者與粉絲能夠分享到您人生智慧結晶。最後期盼《西風的話》專書的發行，能夠成爲農業界另一本藏之名山之作。

二〇〇六年十二月十五日

（本文作者爲《農訓雜誌》總編輯）

開場序言

人，一定要到了屆齡退休之後，才能眞正體會到花非花、霧非霧的意境。有一點痛風，加上關節退化，很自然可以測出東風、南風的濕度，年紀一大，就會期待吹西風的日子，西風的乾爽，讓老人家心情舒暢，智慧泉湧；出版處長丁文郁博士，邀我爲《農訓雜誌》寫專欄，我就挑吹西風的日子下筆，定名爲——西風的話。

西風的話，當然講的是風涼話，我人生的上半場，站在講台上常常有一句口頭禪：「我講的話，我負法律責任。」爲的是要強調我說話內容的眞實性，要喚起農漁人領悟到當前的危機，要農漁民站起來，自救人救。陳武雄博士說：「人生的下半場是自由人。」既是自由人，就不必擔負那麼重的責任，自由人也可以把過去身不由己的上半場不方便講的話說出來。

當了八年的農訓協會理事長，最大的收穫是經常有機會與農訓的知識團隊交換意見，或許我的成長過程異於年輕的博、碩士群，青年朋友常覺得我的見解「新鮮」、「先進」、「突出」，甚至是「異端」。

我出生於日據時代，兒時眼見大戰末期的慘烈，親身體驗民不聊生的困頓。大戰結束日軍走了，祖國的草鞋兵來了，戰後台灣才眞正兵荒馬亂。爲了維持時局，政府架在百姓身上太多的不合理。知識青年帶著救國團的臂章，不期然地走進黨外的群衆之中，直到黨禁開放，才發現在野雖高喊著自由、民主，卻忘記了政治良心，踩在農工大眾的背上勇往直前，在野變在朝之後最慘的仍然是農工大眾。

現代人所看的是片段、是角落，我看了半世紀，而且是全景。我的「異見」，常常令人來不及調整腳步，但是：

※農會的服務範圍，應跨出行政區域。

※農會間信用部可互相存款以應付擠兌。

※農業推廣教育服務對象應以消費者為優先。

※農會信用部應組織上一級農業聯合銀行。

※都會型農會應負責促銷全國各地農產品。

※農會應安排適當名額為獨立理監事。

※過剩農產品政府應設就地銷毀機制。

※肥料換穀時代政府不當得利，應吐出作為老農津貼。

※農家子弟就讀農學院全部公費。
※政府應輔導農會，聯合組織大型農產品行銷進出口及加工倉儲公司。
※農會資訊共用系統應提昇爲全國性組織。
※管制進口農產品之配額應以實際出口農產品成績爲分配依據。
※農會員工退休機制應縮短時程，以利人事更新。

等等歪理已見逐漸實現，看官如有健康之歪理不便開口，亦可透過老人家借名發表，以調整農漁會體質。

超過半世紀的閱歷，我有太多感觸是年輕人所無法領悟的，新生代一再地犯過去發生過的錯誤而沾沾自喜，是因爲老人家沒有告訴你，還是根本就不屑傾聽，用血淋淋的代價去換取經驗是何等可怕！

西風的話，既是風涼話就不限主題，亦不論意識型態，當然爲了提高閱讀率有一些題材會一刀見骨，不論你一笑置之或咬牙切齒，但願看官有所頓悟而終身受用！

柳丁一箱可賣二十萬，係金ㄟ？

沒有騙你，一箱二十萬元新台幣！

可是，種柳丁的農友兄弟，你先別高興，沒有你的份，

因爲只有那麼一箱。

促銷背後問題才大條

柳丁大跌價，農委會爲了拉抬買氣，特別安排促銷拍賣會。時間是二〇〇四年十二月一日上午十一點，地點是台北市植物園南海學園廣場，拍賣主持人是院長游錫堃，買方是台灣環保文教基金會，拍賣過程電視轉播，播完之後議論紛紛。有人說：基金會嘛！花公家的錢做樣板。也有說：立法委員選舉期間，院長有夠忙，還抽空上台主持拍賣，眞是農家子弟赤子之心，眞正「眞感心」。老農夫怨嘆說：人

各有命，爲什麼一樣一箱你賣不到一百元？因爲你是農民，註該歹命。

促銷會有效果，因爲消費者知道台灣柳丁大豐收，可以便宜買。消費者心裡也明白，柳丁一箱不可能値二十萬，那是作秀。作秀也沒有什麼不好，它可以引起注意，也可以匯集力量，很多政治人物作秀都有很好的收穫。只是鄉下柳丁一斤還是賣七元，上網幫爸爸賣柳丁的小女生，繼續爲下學期的學費在努力。

農產品歉收或豐收所造成的問題，如何妥善解決，眞正是執政者最難的課題。歷史上常因農產品歉收造成社會不安，國家動盪，甚至鬧饑荒而改朝換代。台灣是寶島，倒是豐收的問題較多，盛產時外銷不易（政府亦無長期計畫），造成農民血本無歸，年年豐收變成悲劇，政府就不能說沒有責任。

日據時代的「經濟政策」

算我是天才，打從六歲開始對農產品的產銷問題就有概念，話說一九四四年，堂大哥水銀兄帶我到一棟掛著太陽旗的紅磚厝，裡面有日本警察，牆腳蹲著一個中年人。水銀兄是保甲書記，他拜託役場的上司係長前來派出所討保。係長跟巡查談了十幾分鐘，向水銀兄招手說：「可以回去了。」中年人走了出來，他就是「多桑」。唐山衫的布紐扣掉了，胸前青一塊紅一塊，回家的路上沒有交談，多桑自言自語說了十幾次「×尹娘禮」。

「多桑」沒有犯什麼法，只是把自己種的甘藷挑到街上賣，一斤三十錢，說是違反「經濟」，公定價五錢，超過就算黑市買賣。機場被炸，待修飛機都推到枕頭山躲起來，所經之處立刻被闢爲飛機路，一大片甘藷園，一次挖完。西廂房當倉庫堆得滿滿，多桑一氣之下發誓不賣，除了親戚來免費送，還有大厝後麻竹園裡修飛機的日本兵送一點套交情，其他全部留著。一九四五年秋，昭和天皇下詔「降服」，經濟令失效，可以自由買賣，把西廂房的甘藷清出來，已爛了三分之二。小孩子心裡想，多少人吃不飽，有錢買不到，卻讓它爛掉，這算那門子「經濟政策」。

政策是死的，要政策能發揮功能，一定要百姓自動樂意配合，假如百姓一味躲避，甚至抵制，那種政策只是紙上談兵。政府如再以法令來壓迫百姓就範，這種政權就來日無多了。

各國政府爲了增加農民收益，用各種方法提高農產品的價值，都是正確的方向。日本在這一方面算是比較成功，它以品質來區隔價格，低品質賣不到合理價，農民要自己檢討。經常辦理競賽，選取最高品質，給予獎勵並作爲農民學習的目標，訂有知事獎、大臣獎、總理獎、天皇獎等以鼓勵農民的榮譽心，並以合理的高價位來肯定高品質農產品價值。

有樣學樣歡喜就好

台商林先生在福建經營頗有規模的雪峰農場，生產各種高級茶葉。大千金林君平小姐在上海新世紀廣場親自主持一家門市部。林小姐高雅大方，對茶藝情有獨鍾。全中國各地名茶都有，因爲是台商，特別安排專櫃供應來自台灣的高山茶、凍頂烏龍、文山包種等等。因爲林小姐知道筆者也是茶癡，特別沏一壺頂級鐵觀音見識（一斤一萬人民幣），自認還合理。林小姐特別提起當年普耳茶競賣大會，主辦單位目標訂爲一斤二十萬人民幣，主持人暗示內貼十八萬，因爲台商對於大陸的操作方式無把握，而且這種不實的作法有愚弄消費者之嫌，況且虛假對於推動茶文化是種諷刺，林小姐拒絕參與競標。

回台後沒多久，發現台灣也有樣學樣，杉林溪隧道修復通車，陳總統前往剪綵，順便拍賣一斤杉林溪茶，得款二十九萬元新台幣，看過報紙後，大家認爲不是有內貼就是純粹賣總統的面子，與茶葉行銷已無關聯。

拍賣應等同藝術看待

台北縣農會經營的文山農場，訓練一批台大農學院的學生當解說員，訓練課程筆者自任講師。同學們認爲文山包種茶一斤可賣兩、三萬，眞是不可思議。我解釋說：坪林茶比賽能得特等獎，那是集天、地、人幾十種條件之精華，不是普通農產品，應該以藝術品看待。同一品級都可以賣到同一價格，這才算是「行情」。

農特產品以競賽方式選出品質最高者加以獎勵，並且以拍賣來肯定它的價位，是帶動農民自動提高品質，宣導消費者瞭解農產品的「價值」，這是推廣跟供銷，相得益彰的好方法。

拍賣過程，假如事先經過不自然的安排，賣出的價格顯然離譜，常會引起議論。去年十二月六日，在農委會大禮堂，李主委親自拍賣全國優質茶競賽的冠軍，一斤賣得新台幣四十六萬元，天仁得標，會場熱鬧，過程順利，算是辦得相當成功的一次競賽拍賣。至於價格的合理性，競標者毫不諱言，他們買的是廣告效果。冠軍茶產自梅山鄉，梅山鄉農會吳總幹事說：「這是我退休前的一大驕傲。」相信梅山鄉的茶農會得到很大的鼓勵，也會有更多的茶農，用心去改善耕作，提高品質，在此順便向冠軍得主林玫美女士致敬。

要辦一場成功而且合情理的農產品拍賣會，實在不容易，今年柳丁的高峰期已過去了，今年的促銷工作算是很成功，主要原因倒與二十萬的那一箱無關。政策性地分別品質，把中下貨發交加工廠，減少上市壓力。大量補助農會超市及重要據點，設置榨汁機，現場操作吸引消費者排隊購買（喝一杯就可以消化掉五個柳丁），還有一大群人協助促銷，功勞不小。

農業問題永遠無解

解決盛產滯銷，最好的方法是外銷，其次是加工，第三是貯存，第四是動用媒體（置入性行銷）喚起群衆搶購，最後不是辦法的辦法「就地銷毀」。補助運費讓貨物在島內流竄，難有具體成效。

農產品永遠在歉收與豐收之間輪迴，農業問題也永遠無法完全解決。農業工作者不用怕失業，因爲新的問題正等著你，大家一起努力。

還好「高祖母是噶瑪蘭人」！

每到選舉，規模愈大，族群問題就吵得愈熱。政治人物高喊團結，事實上是在進行分裂；提倡族群融合的人，早已先把族群撕裂。有人說國民黨是外來政權，現在把中華民國政府交給民進黨，這應該算什麼政權？高金素梅說：我們才是台灣眞正的主人，有史以來在台灣的政權都是外來政權。馬英九則表示：住在台灣的人都是台灣的主人，我是新台灣人。

從歷史——台灣是一個無主島嶼

另一些政治人物爲了倡導台灣的自主權，認爲台灣人是一個新興民族。雖然大部分祖先來自大陸，但是與原民的融合，先後不同的殖民造成文化上的差異，特別是海島生活孕育出新的民族精神等等。依照這樣的邏輯，未來住在台灣的人，身上的DNA將會成爲政治利益、資源分配、安排優先順序的重要依據。

台灣是一個海島，按照歷史背景說來，它是一個無主島嶼。有土地、有人民，但是從來沒有政治組織。明末荷蘭人據台，先設教堂，再以宗教來教化原民。牧師與傳教士以新港社語言，用羅馬字母拼音，創編新港文字，想以新港文字推廣全島，後來發現大目降社、目加溜社、麻豆社等等部落語言各有不同，因而放棄。

經荷蘭人粗略調查，台灣全島有數十種語言，各部落自行治理，互不隸屬，不同族群遍布全島達數百單元。這樣的環境是適合殖民的地方，前後有西班牙人、荷蘭人、漢人、日本人在島嶼上成立殖民政府，顯然只有漢人成功了。我們不得不承認台灣是個殖民地，既然這樣，我們就應該有合衆國的精神。到底誰才眞正愛台灣？因爲歷史的演變過程當中，造成太多思考的扭曲，國父說：國者人之聚，人者心之器。什麼血統、什麼皮膚不重要，腦袋裡想什麼才是決定一切。

堂哥水銀兄早年追隨蔣渭水先生，爲文化協會成員，以文化活動反抗日本政府，爭取台灣民主人權。一九四〇年爲唾棄日人統治，遠走祖國。立志爲新中國未來發展效力，在浙江金華城外山區經營伐木，產製枕木供應三井會社。政府（汪精衛）派國軍一連（實際只有三十五人）保護。歷一年有餘，鄉間極不平靜，仲夏某夜槍砲聲不斷，連長來報：對方數百人，火力猛烈，頂不住了。水銀兄問：「哪方面來的？」「有可能是重慶來的游擊隊，也有可能是土八路，也許是土匪，說不定三種身分混在一起，反正頂不住了，快打點，天亮前撤退！」

卡車一部裝載重要設備及婦孺（當時兵帶眷），兵隨車後跑步，追兵槍聲越來越近，山路每遇轉彎，留下三人擋路，共留九人。連長面紅耳赤，其他人嚇得面無血色。近金華城外高崗上，突見太陽旗飄揚，水銀兄大喊「有救了」。日軍有炮有重機槍，大隊人馬躲進日本兵營。

八十八歲那一年，水銀兄談起往事，「一生反抗日本，在性命交關時，不由自主地去擁抱太陽旗，深覺慚愧。」

大哥木榮兄，小水銀兄十二歲，農林學校畢業後任米谷局檢查官，擅小提琴，受水銀兄影響，苦修漢文。戰況激烈時恐被調往南洋，志願充當軍屬。在上海灘蘇州河畔黑色大樓，當地人稱情報局，正名爲「大日本帝國駐華陸軍報導部」擔任通譯，負責漢文撰寫新聞稿。爲「大東亞共榮圈」建立「亞洲新秩序」效命。

從文化——你是哪裡人都不重要

一九四五年日本投降，戰爭結束，上海亂成一團。蔣介石先生眞正以德報怨，所有輪船先送日人回左世葆、北九州（長崎已毀），基隆航線等無船。台灣人集資共租一艘帆船回台，途中遇暴風，在舟山群島耽擱一週，缺水無糧。十二月寒風刺骨，水銀兄每天到基隆港等無人。第十五天木榮兄船靠岸，骨瘦如柴、舉步維艱，擁抱水銀兄放聲大哭。碼頭上一片旗海，太陽旗換上青天白日，兩兄弟一個復國一個亡國。搭著肩慢步走向基隆火車站，一個日本精神，一個唐山情懷，兩個腦袋走同樣的路，搭宜蘭線回噶瑪蘭人的家。

水銀兄從年輕時就一意要回唐山見祖。一九四〇年在上海因爲拼書法（水銀兄擅長書法，曾得台灣總督獎）而結識穿白長袍的藍少爺。藍少爺爲福建漳州湖西人氏，同治年間台灣水師提督藍廷珍之孫。經藍少爺協助到達湖西，因已民國，藍府已無家丁保護，路上難保平安，無法達成願望。一九九二年筆者陪水銀兄再往福建探祖，參考大陸簡易地圖，費盡苦心，終於到達漳浦縣石榴鎮攀龍社。回台後水銀兄交我族譜乙冊，內載：「十七世祖奕公字積愼，嘉慶年間隨青斗石壓艙渡台，在烏石港起水（登陸）入噶瑪蘭。晝爲雜工，夜自墾田園。三十六歲娶妻，妻身強體壯，健步如飛，遇鄰里間爭執，擒人頭鬃尾，可拋四條龍（甘藷園一畦稱一條龍）。人稱番割奕嫂，助夫從事原民山產買賣，家漸發。」

清政府迄無移民殖台政策，均爲人民謀生自行渡台。海路陸路均難保平安，是故走路者均爲男性。有稱台灣「有唐山公無唐山婆」。

按族譜記載推理：番割（與原民貿易稱番割）奕嫂無姓氏，健步如飛無纏足，自己不留頭鬃尾，與原民做買賣必通原民語，可見高祖母噶瑪蘭人是也。假如新興民族有權益優先，驗我DNA，必屬紅五類。

一九九四年夏，前往芝加哥女兒家，外孫女回來高喊：「哈囉，格蘭爸！」女兒馬上糾正，「在家裡要說國語。」外孫女不解，「說國語不就是English？」猛然頓悟，原來我是美國人的祖先。

國者人之聚，人者心之器，遠在美國的女兒腦袋裡的祖國是台灣，女婿是上海人，外孫女可不管上海台灣，她所看到的就是美國。

成長過程所培育出的情感與認知是很自然的事，人生所遭遇與歷練，各有不同，不必互相責怪，也不必把自己的思考模式強加在別人身上，歷史演變讓台灣人的思想無法標準化，所以送給李先生日本武士裝也好，哈利王子穿納粹軍服也好，好玩嘛！不必太在意。

交替與傳承

農會每四年一次的屆次改選，是交替與傳承的陣痛期。全台有三百多個單位個別進行，歷時三個月以上，這樣的選舉方式也是舉國絕無僅有。因爲前後投票十餘次，高潮迭起，極具新聞價值，又蒙傳播媒體之推波助瀾，在改選起步時已讓社會大眾有「風滿樓」的感覺，還好改選已近尾聲，雨滴雖有，無礙大局。各項選舉難免都有大小爭議，至少沒有總統大選那麼離譜，農會人稍可自我安慰了。

德政初步——農爲國本

全國社團何只千萬個，唯獨農會選舉能獲政府的超級關注，再加媒體的熱炒，農會的突出與重要性更受肯定。政治既然是管理衆人之事，農會的會務就是廣義的農業施政。農產品的生產、運銷、倉儲、加工、農村的經濟金融乃至於農民的生活，無不繞著農會運轉。輔導農會俾能健全地服務農民當爲政府的「德政初步」，各級領導人當眞有「農爲國本」的理念？

第十二屆與第十三屆改選過程中，台北縣長尤清先生，特別關注，每屆都「五顧地檢署」，親自要求主任檢察官一定要嚴辦農會選舉的賄選與不法活動。每次拜訪地檢署都帶一票媒體記者，大張旗鼓以示隆重，然後媒體大炒，好像農會選舉一定有賄選跟不法活動，而且似乎國本爲之動搖。這樣地再三報導，社會大衆在不明不白的狀況下莫明地對農會產生厭惡感。事實上這兩屆的改選，情治單位與主管機關在台北縣並未抓到眞正的賄選或不法活動。這可能有兩種狀況，其一、農會人絕對守法，所以查不到。其二、農會人實在太高明，而情治單位與主管機關都太「那個」，所以查不到。畢竟順利依法完成改選，是一件好事，也是政府輔導成功，只可惜，尤清先生並未再邀媒體記者澄清一番，社會大衆也就沒有機會得到正面訊息，「厭惡感」就沒有療傷的機會。尤清先生擔任縣長的八年，台北縣各農會都奮發圖強，業績都占全國前茅，可惜這跟尤先生的施政絲毫無關。所以我鼓勵農會人要自愛，要莊敬自強，不怕別人在你臉上塗顏色。

派系鬥爭──因人而異

政黨之間互相塗顏色已司空見慣，尤其選舉越近塗得越兇，而且媒體也樂意配合，成爲台灣民主政治一大特色。其實世界各國推動民主政治引起的弊病大致相同，程度有差而已。台灣第一次民選總統，德國特派專家組成觀察團來台觀察，回國之前發表感想：台灣政治

「黑不如韓國，金不如日本」，留下一個「小兒科」的印象。

抹黑的功夫，農會人應該算是祖師爺，唐山過台灣以後，就有互相「放聲」把對方人氣殺盡，選舉時把對方拉倒之事。更厲害的是，自己選輸了還可以把對方抹到全鄉農民去擠兌，抹到農會關門。至於說農會是黑金，那眞是天大的冤枉，黑金原先是公職人員選舉的專利，農會是後來才受到污染。一開始還土裡土氣，幾十年下來都已爐火純青，通常是事出有因，查無實據。雖然各界對農會特別關愛，要求也較高，但是舉國上下的「民主現象」已經是傳染病，單獨要求農會也無意義，只好交由另一層面做集體治療了。

農會有派系，農會的派系是依法形成的，因爲法律規定理監事選舉採連記法，不參加派系就無法競選。法律也間接鼓勵「大派吃小派」，會員代表差一、兩票就全盤皆輸，所以關鍵的一、兩票就下

「重藥」，然後五路人馬都來關心，事情就弄「大條」了。民進黨執政後有了改變，一律採用限制連記法，讓大派小派都能入圍，大派當家，小派當線民。聽說農會的弊端由情治單位或主管機關查獲的，微乎其微，大部分是派系檢舉得來的線索。政府能利用派系鬥爭做為輔導農會的手段之一，也算是高明了。不過農會人從今而後「人人要有敵情概念，時時站好戰鬥位置」應該列爲必修課程。

筆者擔任台北縣農會總幹事前後十四年，每年考績都滿分，好幾年累積分數還超過一千分，被列爲全國各農會「總幹事陣」裡的資優生。其實我只是「好狗運」受到基層業績的「致蔭」，個人並無過人之處。立法委員白添枝初任縣農會理事長時，常常提起要我爲全國總幹事開班授課，個人認爲各農會總幹事的程度相差不多，只是環境與知行的問題而已，這些並非授課可能解決。成功的大企業，越高階的主管越敬業，足爲後進幹部的楷模，也成爲新進員工奮鬥追求的目標，一個團隊的生命力就這樣帶動起來。我擔任農訓協會理事長前後八年，得到的印象是新進員工班學員最認眞；在職班還不錯；升等班勉強可以；總幹事班有的非常用功，大部分就不好講了。至於理事長、常務監事班，大都認爲農訓協會設在中山北路七段眞好……。一個團隊的精神是靠領導人帶起來的，改選之後新上任的三首長，希望有這樣的認知，大家共勉，農會才有前途。

第十四屆改選時選舉運作白理事長一肩挑，要我坐在辦公室等連任就好。白理事長歸納我擔任總幹事的人格特質：一、不玩股票。二、不炒地皮。三、不投資事業。四、不成群結黨。五、子女不在農會界謀職。六、「沒頭路」，專心做好總幹事。他認爲這樣的總幹事「點燈仔火都不容易找到」，請求理監事全力支持，讓我第四次滿票獲聘通過。回顧四屆三位理事長都配合得很圓滿，會務可謂突飛猛進，全體理監事合作無間，卸任之後也都成爲永久的好朋友，這樣的劇本，應該是農會界追求的理想境界，只要有耐心，大家都可以做得到。朋友們認爲筆者不論在職中或卸任後都能圓滿愉快，要求我放一些「步數」供後進學習，假如一定要我自己講出可以提供總幹事同仁參考的，其實很簡單，十四年來我做到：一、上班不遲到。二、開會要準時。三、不要自認爲是地方政治領袖。這樣的要求並不高，能做到，未來的美好遠景就從這裡開始。

新舊交替——世代傳承

談到交替與傳承，其中有貫通，也有矛盾。交替必須更新才有新的生命力，人力的更新，團隊的更新，最重要的是隨時代的演變，要有思考與方法的更新。老一輩的人常說「一代不如一代」，事實上時代在進步，一切都朝向人類所希望的生活方式改變，只是新世代把老一代人所認爲的重要部分忽略掉了，所以老一代的前輩常常會看不慣。屬於精神層面的，原則性的目標，應該不會因爲時代的變化而改變，這就是要傳承、要繼往開來的部分，所以交替與傳承的意義，簡單講「以新的方法，追求老的目標」。農會有今天這樣版圖，其過程雖毀譽參半，但前人在不同的環境中用不同的方法克服難關延續至今，一定有不同的智慧，所以希望新世代得意無妨，不要忘形。用清新的腦、謙卑的心，努力演好「交替與傳承」的連續劇。

「農村憂鬱」症候群

中時「時論廣場」所載黃榮墩先生引用高雄縣湖內鄉衛生所主任孫文榮的調查資料，偏遠農村青少年內心憂鬱、不快樂的程度比一般想像的嚴重。

楊儒門效應——揭開農村假象的鍋蓋

事實上近幾年來，因爲政治氣候的不穩定，經濟泡沫化，社會價值觀的混亂，造成一般百姓不同程度的憂鬱，特別是青少年對於未來前途的不確定感，壓力更爲嚴重。過去我們鼓勵青少年認眞努力、求上進，只要功課好考上大學，畢業後就有穩定的職業，目標非常踏實。經過數番教改之後，大學招不足學生，學程粗製濫造，畢業之後才發現大學教育只是笑話一場。相同的道理，過去農民只要肯辛勤耕種，豐收就代表「好收成」，全家可以溫飽，生活可以改善。但在不斷的農業「改革」之後，豐收代表賤價，代表血本無歸。

不幸的是農村青少年要承受雙重的壓力，不僅要忍受當下的窮困，還要面對未來的徬徨無助。在這種環境之下的青少年，讓你隱約可以感受到「楊儒門」式的情緒。不論留農或轉業到都市求學謀生，都會遭受到政策性不平等的擠壓，因爲農村青少年的養成是採「粗放栽培」，不論是入學應考或就業競爭，特別是與地緣人脈有關，絕對不是都市青年的對手。這樣的氣氛久而久之，在無意識之間，養成對社會的不滿，對國家（執政者）的懷恨。政權輪替或許多少是引用這種情緒發酵的結果，現在新的、被懷恨的對象，就不得不留意了。

楊儒門案尚未有結果，假如把他看成恐怖分子，那就罪大惡極。據報載資料，他的白米炸彈都不具殺傷力，起訴的重點偏向於造成社會不安，依我個人看法，一些政治領袖的胡言亂語所造成的社會不安比楊儒門何止千百倍！主審法官假如看過我這篇文章，或許可以從另一角度衡量。

去年立委改選開始啓動，爲了彰顯政府照顧農民的成果，農委會召集全國主要農業機關及農民團體負責人，舉行參加WTO之後政府在農業方面的因應對策成果檢討會。根據參考數據，政府的確很努力，也有不少具體效果。交換意見時，中華農產運銷協會理事長黃欽榮博士提出有關「情緒」的發言，他認爲台灣農業問題只用經濟面的手段還不夠，應該用社會問題的層面來探討，他認爲楊儒門雖以反對進口白米爲訴求標的，但是整體的問題在農村青年所見：老農凋零、孤守寒舍、田園荒蕪、雜草連天，引起的內心痛楚。這樣的困境沒有得到適當的舒緩，關了一個楊儒門，農村還有千萬個楊儒門。

目前政府安排第一期照常耕種，第二期推動休耕，雖然鼓勵轉作綠肥另有補助，技術面講沒有錯誤，但是缺乏整體規畫。過年前在都市謀生的農村青年返鄉所見，恰好是休耕的枯荒期，帶著第三代的小朋友，培養思念故鄉的情緒，回到故鄉看到阿公的田園竟是這番景象。如果告訴小朋友這是政府的政策，我想連三歲小孩都學會痛恨這個國家。

遊子看鄉土——台灣山水依然美如畫

今年開春，在美國的女婿一家人返台（女兒照顧外孫女上學未克隨行），筆者以親家的身分安排行程，盡地主之誼。接機之後才知道，女婿的大哥智宗君，要到他妻子的上海娘家省親，智宗君堅持先回台灣，下機第一句話，要求到金山青年活動中心跟橫貫公路，其他任我安排。智宗君在大學時代參加過救國團活動，對故鄉風土地貌印象深刻。當我們車過山洞到達大禹嶺時，智宗君指著白雪皚皚的合歡山與奇萊山，「這就是台灣的山，雄偉、莊嚴，芝加哥沒有，上海也沒有。」智宗君講話時充滿驕傲的神情，眼眶卻泛紅。我發覺到他刻意要把愛台灣的情緒感染給大嫂，大嫂是道地上海人，共產黨培養的女知青。智宗說三十年前參加救國團健行隊，從大禹嶺徒步走到太魯閣，雙腳起泡，全身酸麻，疲憊不堪，現在回想卻甜美無比，年過半百，走遍全世界，沒再見過比台灣橫貫公路更美的山岳。也許年輕時的熱情融入這片大地，成爲畢生無可取代的記憶。大嫂是共青團女團員，所以對台灣救國團的話題特別有興趣。

其實在智宗徒步橫貫公路之前二十年，筆者已是救國團的首批團員，我參加過農村服務團、海上戰鬥營、登峰隊等活動，走遍山巔海角、原野大地，在經濟困頓的年代，所到的各角落處處感受到奮發圖強的氣息。之後半世紀，我能持續以誠懇的心、健康的步伐，從事服務社會，恐與當年的感受不無關聯。智宗君與女婿葆宗雖然「去、去、去、去美國」已二、三十年，早已取得美國公民，無須口喊「愛台灣」，但是內心深處卻始終有「台灣！您是我的母親」這樣的心情，與當今的年輕人相比，眞是不可同日而語。再一次發現經國先生平凡中的偉大，他讓年輕人很自然地培育出愛台灣、愛鄉土的熱誠，這樣的領導智慧，在這個年代更加令人懷念與渴望。

行程中路過美濃，發現公路兩旁田野開滿波斯菊，讓美濃陷入一片花海，名爲彩繪大地，眞是令人精神振奮。已經有人想出治療農村憂鬱症的藥方——讓偏遠農村變成國家公園。建議農政單位，此後鼓勵農民休耕轉作綠肥作物時，可選油菜花、紫雲英、魯冰花、向日葵等開花作物（禁種田青，太難看），美化台灣成爲眞正的福爾摩沙，並安排都市青少年走入農村，培養熱愛鄉土，純眞唯美的情操（台北日僑學校，把文山農場編入教科書，定爲每年戶外教學必修的科目，可做爲參考）。

老農想未來——怎是一個愁字可了得

當然政府要提高補助金額，農民自然樂意配合，黃榮墩先生文中提到政府的休耕補貼是「豢養農民」，這樣的字眼我無法諒解。我藉機會給一般民衆上一課「目前農民拿到的補貼、年金或福利都是拿自己的錢」，君不知五十年前的國家政策是以農業養全民，田賦是徵實物，每賦元八．八五公斤，糧食不足再加隨賦徵購每賦元三．五公斤，肥料必須用現穀交換，以尿素爲例，每公斤要換兩公斤蓬萊穀。肥料開放自由買賣，我們才發現尿素的國際行情，在基隆港交貨每公斤五．五〇元。糧食局這樣高達四倍的不當得利卻行之數十年，難怪李連春先生退休之後躲在合作金庫顧問室，不敢見人。我們不願意將這樣的價差稱爲剝削農民，就當作全體農民提存國庫的預備金，將來有關農業預算，政府再以任何理由搪塞，等我七十歲（假如我還走得動）或許再來一次邀請全國老農民一起到台北討債。

農民需要的是工作，需要的是生活，農民不接受豢養，農民願意辛勤地工作，也要求有尊嚴地生活。

對抗或合作？

處理國際事務軟硬兼施，或採雙面手法，並不為怪，但是如何保持平衡點，那需要很高的智慧。

大陸冷高壓——憂鬱上身

假如領導人一味在古井裡，勇敢地大鳴大放，任立渝先生不得不時時提醒，「大陸冷高壓逼近，嚴防寒害，注意保暖」，小蝌蚪們個個嚇得發抖，憂鬱症直線上升。畢竟小老百姓，要的是生活，平安地生活，並非人人都那麼勇敢。

在野社團派員訪問大陸，對於緩和兩岸緊張氣氛應有正面意義，可是江炳坤先生帶回十項結論，反應太過熱烈，執政黨無法招架，最高行政首長突然提出「移江法辦」之議，處理兩岸事務如此「任意」，已非亂無章法所能形容。

江先生的十項結論有三項是藥引，有意義的七項，農業佔了兩項，在當今政府視農業爲微量產業時，有如此高比重是出人意料，也難怪，突然炒熱的兩岸問題大都繞著農業交流打轉，這方面眞正亂無章法，所以可以探討的空間，變得無限大。

當年陳武雄博士代表台灣出席WTO談判，後來讀到陳博士寫的一首詩，深受感動，大意是「日內瓦湖清風徐徐，他卻汗流浹背。小國大將迎戰列強，對手瀟灑如意，他卻寢食難安，明知只要一點頭，馬上博得全場喝采，但是，閉上眼睛，就看到祖國台灣的老農民，在『日頭中央揮汗如雨』，爲著數百萬農家『顧三當』，寧願毫無成果回國受責難」。後來有不寫詩的談判代表接手，很理智地接受列強安排，終於可以入會。此後農村哭調就唱不停了。

妾身既未明——坐困愁城

其實還有兩件事，不太有意義，卻很不好處理。對岸要求比我早一年入會，協商談判要以國內事務處理；我方主張協商應依國際慣例，至於比我早一年入會，只怕我方申請入會時對岸有權杯葛。還好WTO體諒台灣處境，安排一個年尾一個年頭，早一天算一年。至於協商方式，就眞的「懶得理你們」，成爲唯一未經協商可以入會的案例，既無協商就無協定，兩岸貿易從此亂無章法，各說各話。

那一年（二〇〇一）省農會公開招標進口嘉定青蒜種，農委會突然喚「停」，並指責省農會未經主管機關核可私自亂搞。謝國雇總幹事說，我是依照歷年農委會授權，進口供應蒜農種植用，早有運作機制，並非「私搞」。只因爲那是參加WTO之前；參加之後准許大陸進口貨品品項，由經濟部採正面表列，也就是說表上未列即屬禁止進口，無須協商，單方面公告生效。經查問爲什麼蒜頭未列？農委會說「不知道，那是經濟部公告的」，再查經濟部，回答是「忘記了」。

有權執政者既健忘又喜怒無常，苦的是小老百姓，無法可循。筆者向農委會報告：台灣雖然生產大蒜，那是結蒜頭用的，食用蒜白一定要每年從上海嘉定進口蒜球，俗稱「青蒜種」，與一般「蒜頭」不同。台灣勉強可用的花蒜品質差很多（近幾年大家吃到的蒜白又粗又老，那是政府的罪過），范主委振宗先生抓抓頭問：「是這樣麼？」農委會農學博士排排坐，無人回應。范主委學漁業，對這個問題不好立即回應，答應說研究看看。一個禮拜後范主委給我電話：「你講的沒有錯，今年已經來不及，明年農委會就種植用的青蒜種專案核准進口，但是要好好管制，說不定要交給你負責。」范主委是能虛心接受意見的好長官，雖然處事非常強悍，對小老百姓卻很親切，是令人懷念的好官，只可惜他的職位等不到「明年」。

台灣對大陸進口貨品設限，基本上違反加入WTO的承諾。幾年前歐洲會員國已提出，今年美國對此問題也表示關切，遲早要解決。沒有協定就亂無章法，兩岸農業交流永遠在不確定氣氛中進行，將來是否會發生影響兩岸穩定的狀況都很難預料。在訪問熱潮之後，朝野是否能先行溝通，成立一個經授權的團體，就WTO的規範進行協商，如能完成協定，非但有指標性的意義，對兩岸經濟發展也有穩定的功能。

幾年來兩岸農業交流，民間或台商已在進行，但是政府仍停留在口號階段，政策思維仍以對抗爲基點。對抗或許也有需要，但要看雙方的優勢消長，能堅持多久。台灣以「生產技術」、「優良種源」、「運銷體系」見長；大陸以「低廉勞力」、「廣大土地」、「消費市場」爲優勢，只可惜台灣的條件不斷被竊取、外移、消失之中，大陸的條件我們無法撼動，對抗終有結束之時，是否應在條件未盡喪失之前，開始探討合作的意義？

政府沒策略——綁死農業

筆者退休前以政府配額由台北縣農會從阿根廷進口蒜頭，品質優異，銷售順利，算是相當成功，可是卻害死跟進的貿易商。因爲南半球在採收時機、包裝、船運、倉儲、技術上，均有不同，難度頗高。我看地球儀，全世界可以進口蒜頭最近的港口是廈門，最遠的布宜諾斯，為什麼捨近求遠把新台幣花在海上？政府少收權利金，減少農業預算財源，不也是農民的損失。既然政府每年有開放進口的一定配額，從哪裡進口對農民的影響是一樣的，何必「挑苦人」。

某團回台後媒體發布說，大陸同意台灣進口農產品由十二項放寬到二十項。這種講法眞有新聞價值，筆者所知，大陸對於從台灣進口農產品的品項限制，並不是問題，業者認爲最嚴重的是通關、檢疫及課稅。這三項漫無標準，常因無中生有，讓業者血本無歸。如眞有誠意，這三項應該協商到中央訂出準則，對台商才有保障。目前因爲大陸農產品量多價廉，業者大都搶配額進口，至於出口風險太大，而裹足不前。在台灣盛產時協助促銷功能不大，政府不要死盯著權利金，應改以業者出口農產品的績效，換算核准進口配額的依據，這樣對台灣農民才有幫助。

民生主義被提倡已有一百年，它的首要訴求是：「地盡其利」。台灣雖是寶島，北回歸線所經上下不過兩度，所有品項侷限於亞熱帶；大陸從十五至四十五度，熱帶到寒帶無所不包，長期對抗的優勢不想可見。台灣要生產類似山東的桃、梨、蘋果，必須到海拔二千五百公尺的山地才有可能。崎嶇不平、耕作運輸的高成本、水土保持的困難度，其實沒有眞正的效益。基於「地盡其利」，哪些地區、哪些產業應該放棄，政府應該通盤研究，及早公布避免農民反應不及，徬徨無助造成社會悲劇。

好朋友柯先生出口木瓜、芒果、楊桃到深圳、廣州略有成績，筆者到廣州農貿批市參觀，幾個貨櫃的楊桃都是綠的（大約六分熟），賣得很貴，送禮用的，好看不好吃。柯先生說八分熟的沒人要，也因爲通關、檢疫、時效的問題，不敢送太熟的貨；不好吃，所以銷量有限。柯先生說沒有能力推廣八分熟，非常可惜。九三年中秋前，台北縣農會楊棟樑主任，協助出口一貨櫃文旦柚試銷，原先大陸人喜歡大柚，看不起文旦，楊主任採免費試吃，高價販賣的策略，一天賣光，來年大有可爲。試銷，有風險，民間腳步較慢，政府若能做策略性的輔導，效益更快。好賣的還有文山包種茶，十年前台北縣農會申請在大陸設點販賣，農委會始終不同意，經銷商推不出去，因爲消費者不信任。現在深圳到處有文山包種茶，外包裝跟台灣貨九分像，仿冒品充斥，現已錯失商機，非常可惜。

新加坡肉品公司呂總經理說，三十年前李光耀推行華語被罵得半死（當年華語被認爲代表落後），今天東南亞國協跟中國做生意，大部分透過新加坡，因爲新加坡已具同文同種的優勢，可以從中得利，眞正「新加坡錢淹腳目」。呂兄問筆者，黃金年代十年已過去了，台灣考慮好了沒有？「對抗還是合作？」

三年內完成資訊整合農漁會業務
——電腦化與「資訊共同利用」之願景

農會於三十年前在先知們的啓蒙之後，業務逐步走向電腦化，雖然有一些成效，但都在痛苦中摸索完成。對於未來的方向，大多數農漁會都有資訊整合，共同利用的願望。農金法在研議過程中，農漁會界刻意將此一願望強加於農業金庫應辦事項條款之中，但願在農業金庫成立之後，能規畫出令人愉快的發展藍圖。

創造改變——農會開啓活豬拍賣機制

七十年代初期農會界先知朴子侯長庚總幹事及鳳山范姜總幹事，首先推動農會業務電腦化，剛開始是以PC作登帳、統計、存款積數與利息計算等初級用途，倒是在批發市場業務方面反而有更寬廣的利用。朴子與鳳山家畜市場爲電腦設備進行豬隻拍賣的鼻祖，但因早期功能所限，承銷人座位固定接線而不能交互使用，且以拍賣後傳票用人工輸入方式登帳常造成人爲失誤等不盡完美。但市場秩序大獲改善而引起主管機關注意，在民國六十五年市場交易法完成後，農林廳推動全省各縣市成立家畜（肉品）市場開全球先例，全面利用電腦設備進行活豬拍賣。

民國六十六年台北縣籌設家畜市場，當時縣農會總幹事王維藩先生，希望能以更先進之電腦規畫，將供應人、豬隻編號、秤重、競價、登帳及承銷人保證金之轉帳連線一次完成，且座位採承銷人自由入座信用額自動控制，同一拍賣館雙軌拍賣等。農委會長官認爲「不可思議」，特別是兩位電機專家對於電腦與拍賣設備連線以方塊圖表達，認爲不合規定，要求提供線路圖。好在承包的神通公司表示，電腦主機行銷多年，已不具商業機密，可以提供。一週後InterData公司由美國寄來線路圖共三冊約一英尺厚，兩位專家翻了兩下，無從看起，第二天就簽字同意，長官最大的幫忙就是「看不懂」。往後二十年農會在開發電腦過程當中，類似的戲碼還一再地重演，不是身歷其境眞沒有辦法體會摸索中的痛苦。

王維藩總幹事可說是全國農會界的勇者，在民國七十三年膽敢以縣農會資金一億有餘投資購置電腦，提供全縣基層農會共同使用。在此之前已有汐止、新莊、大里、草屯等自設電腦，將信用業務資訊化，成效不錯（且其他金融業者亦快速電腦化），王總認爲是農會必走的道路，但是每一農會自設一套電腦非常浪費，上一級農會有責任進行整合，當時農委會也認爲「不可思議」，再三衡量才勉予同意，既不關心，也不鼓勵。電腦裝設完成之後順利上線運作，再向基層農會苦口懇求加入連線，筆者也是懇求團成員之一，回首當年眞是感慨萬千。還好一開始有五單位加入。德不孤必有鄰，走正確的路就有來者追隨，筆者退休時已有五十三單位加入連線。

領導改變——電腦共用中心命運多舛

北縣農會電腦共用中心推動成功之後，農委會認為方向正確，開始規畫全台北、中、南三區成立共用中心，並指定北縣改為北區，接受宜蘭、新竹、以北縣市加入。中、南兩區為新籌設，以農委會周科長的理想照單全收，獲得不少預算支援。北區因為原有的架構與連線單位有契約上的約束，無法全部按照科長「指示」而被視為「不乖」，非但早期開發所做貢獻未受肯定，往後的新計畫也常被忽略。

事實上北、中、南三區設立共用中心，基本上違反農會法有關行政區域的限制，且三區之外還有兩小中心，早期自設電腦單位之外，還批准跳脫共用中心自行花大錢（超過一個區域中心的預算）自設，這樣的輔導已經亂無章法了。

農委會也發覺這樣的架構合法性有爭議，遂編列兩佰萬預算交省農會進行有關整合之研究，十餘位專家開了五、六次研討會，周科長的意見是全國成立一個財團法人，筆者認爲各區的背景、文化、架構各有不同，先行個別成立財團法人，俟時機成熟再整合爲全國性法人。因爲兩佰萬預算已花完，不再舉行研討會，就以周科長的意見作爲結論並通函全國各農會。

事過兩年有餘，不知何故，農委會突然輔導各區中心分別成立財團法人。筆者認爲事過境遷，全國農會信用業務風暴不斷，北區已進行研討成立農會聯合銀行之可行性，將來共用中心應併入母行，目前不宜另有動作。農民組織科廖朝賢科長一再勸導，二度親臨電腦委員會指導，惟恐廖科長誤會筆者一人操控，筆者遂在委員會臨時提案就是否成立財團法人提請公決，廖科長親眼目睹四十八比〇，全部要求維持原體制，就怕變更一次體制會帶來一連串的困擾。南區雖然狀況頻頻，總算順利改制。中區設在省農會，推選董事長時，省農會廖總幹事僅獲一票，眞是情何以堪？後來演變到廖總幹事把電腦共用中心掃地出門的戲碼，往後造成農會界的恩恩怨怨，農委會何苦多此一舉，眞難理解！

資訊整合——發展區域電腦服務中心

農業金庫成立之後，依農金法規定，農漁會系統資訊共同利用，正是全國整合的好時機。農金法頒布後農委會成立法規及農業金庫有關規章、計畫研究小組，中華經濟研究院王博士提出設置資訊系統新台幣十億的預算，顯見全國農漁會資訊共同利用之整合，有一步到位的企圖心。筆者當時認爲農業金庫主要任務爲輔導信用部業務發展，穩定農業金融爲主，金庫成立之初應有輕重緩急，資訊共同利用爲金庫應辦事項最後一項，可容後再議；且目前全台各區共用中心運作尚稱順利，各連線單位配合新主機更改花費當在數十億之譜，尚未協商不宜作浪。且金庫本身業務單純視爲一單位，在目前各區中覓一較適合主機連線即可。各投資單位對金庫經營之穩定性尙持觀望，不宜大額資產性支出。全體委員多數贊同，十億預算暫予保留。

農業金庫成立籌備處後決定租用南區共用中心連線，農會界有關人員均感意外，關鍵性議題如有非理性運作，正是投資單位所擔心。

以各區（包括板橋農會）比較，就容量、備援及系統開發能力等均有爭議，不出意料，林董事長、丁總經理到任後就此一問題深感困擾。

農金法所指「資訊共同利用」並未有定義條文，各界認知差距頗大，尚且目前各區共用中心，運作順利穩定，有關推廣、保險、電子商務、輔導、供銷、會籍、農保、人事、會計等方面之系統或PC軟體之提供、基層員工之教育訓練、軟硬體設備之支援等，均非農業金庫一時有能力替代。筆者建議在兩年內，金庫與南區租約屆滿前，先規畫第二階段，以金庫業務自用及免費提供投資單位資訊為目標。第二階段暫訂三年，第二階段農業金庫是否健在已無爭議，亦可利用三年期間與各中心及連線單位協商全面整合之願景。

未來可做廣義之資訊共用，各區電腦連線運作仍維持原架構。或可有較積極的作爲，將各區電腦共用中心，發展爲區域服務中心（目前各大銀行為加速作業反應速度，已普設區域服務中心，替代總行部分功能，諒必為未來發展趨勢。）除提供電腦共用外，可作基層信用業務輔導，受理轉存、大額核貸之初審、逾放之催收、其他委託業務之連繫等業務。至於單位之併購、人員之納編，各方意見必多，尚待一一溝通，以期愉快合作。其他層面牽涉較廣，已非本文所能涵蓋，容後再論。

與胡耀邦先生外孫女「對談之後十五年」

六四天安門事件的導火線，是胡耀邦逝世紀念活動所引起。事件之後各國媒體爭相報導，長時間挖掘內幕消息，並安排各種活動，作爲後續探討的題材。一九九〇年春，聯合報系邀請在美國的胡耀邦外孫女徐葵及其夫婿王曉宇兩人，來台訪問並做專題報導。訪問對象除了政治人物外，包括各行業各階層共二十餘人，筆者亦爲訪問對談者之一，當時雙方分別預測兩岸未來，十五年過後端倪已一一浮現……。

徐小姐觀感——兩岸差別何其大！

徐葵小姐就讀麻州大學，雖然離開大陸多年，但是大陸的狀況還歷歷在目。她手上拿到的統計數字顯示：一九八九年，大陸的國民所得不滿三百美元，而台灣卻超過七千美元。受到聯合報系的邀請，她急著想要親身體驗另一群華人所營造的富饒社會，到達台灣之後，引起感慨的倒不是台灣的富有，而是在自然資源貧乏，地域狹窄的條件下，台灣竟能僅僅憑藉人力資源便發展出這番成就。

訪談中，徐小姐知道筆者從事農業工作，特別提起她到中南部沿途所見：農民開耕田機、插秧機，已不見耕牛或人力耕作；探訪農家也發現電視、冰箱、電話每戶都有，而且一戶人家有好幾部機車，家用汽車也很普遍。在大陸，農家是最窮困的一群，台灣是如何做到的？筆者回答：一部耕田機的工作效率，是四十個人的勞動力，所以，台灣一個農民有大陸農民四十倍的收入，而且台灣人重視教育，在農場上工作的是中年以上的農民，年輕的農家子弟，大部分都培養成專業的工作人口，有很好的收入，可以幫助家庭經濟。徐小姐認爲，大陸可以學習，合作社或公社購置耕田機提供使用，大陸發展軍備的兵工廠可以生產耕田機。筆者只提一個問題，一個農民開耕田機，其他三十九個農民如何安排工作？徐小姐沒有答案。

大陸與台灣同樣有人口問題，大陸的人口是最大的負擔，台灣的人口是最重要的資源。主要的差別在於台灣人對於子女教育的態度，只要考得上，父母再辛苦也要讓子女升學，所以年輕人有很好的專業教養，能夠取得高層次的、高技術的工作。特別是在升學競爭過程中顯示的意義，因爲不斷地努力競爭形成一種風氣，走入社會以後成爲產業發展的動力。台灣的社會結構已安排好其餘三十九人的工作崗位，也需要這三十九人來塡充，整個經濟結構才算完整。徐小姐承認大陸還有二億以上人口是文盲，還有六成以上是低知識水平人口，國家無法提供，人民也沒有能力勝任現代化的工作，更遑論工作機會的把握了。

徐小姐表示，一九四九年國共分治當時，海峽兩岸的經濟水平相差無幾，有人說台灣的工業基礎較強，其實日據時期有「農業台灣」的政策，光復當時亦僅粗糖、鳳梨、紡織、水泥等初級工業。一般民生用品，球鞋、雨傘、汗衫、文具等全靠上海等地運來。相隔四十年之後，同一種族在不同的制度下，造成這麼大的差異，仔細分析，兩岸都有發展，只是方向不同而已。台灣重視教育，努力培養人力，同時投資經濟建設，互爲配合，對於經濟建設的投資，會吸引企業投入，創造就業機會，增加政府稅收，一再地循環，創造了台灣經濟奇蹟。大陸也努力發展，決策者投入巨額資金發展原子彈、氫彈、人造衛星、洲際飛彈等尖端科技，直追美俄，創造了軍事奇蹟，很自傲地列入世界第三軍事強國。而心安理得地保有二億以上的文盲人口，不足三百美元的國民所得，這絕對不是人民所期望的。

徐小姐感慨——台灣人何其有幸！

決策的錯誤，萬民受害。五十年代初期，大陸有馬寅初先生，台灣有蔣夢麟先生，同時提出節制生育，控制人口的政策建議。馬先生牴觸了領導人「人多好辦事」的口號，被一巴掌打入冷宮，下場悽慘。結果二十年後十億人口吃垮了國家，禍害無窮，不得已政策大轉彎，實施一胎化，又是多少生靈塗炭。聽說蔣夢麟當年有美國撐腰，沒有受到災難，雖然沒有形成政策，但是節制生育的觀念，讓百姓自然接受，達到生育計畫的目的，而不踐害到人性尊嚴，台灣人何其有幸！

徐小姐自承大陸投入對民生有意義的建設太少，對於軍備的投資，有去無回，沒有循環效益。各種形色的政治活動太多，內耗太大，內部鬥爭破壞團結的力量，各派力量、各種思潮缺乏容忍妥協的精神，誠懇地提醒台灣應引爲借鑑。

徐小姐與筆者互爲預測十五年後兩岸發展的可能境況，徐小姐認爲，台灣假如沒有太大的政情變化，經濟將持續發展，十五年後國民所得可進入已開發國家的水平。股票熱、金錢遊戲、賭博將造成務實的經濟活動衰退，投機主義風行；財富的負面影響帶來治安問題、色情問題、交通問題、環境破壞問題益形嚴重；而中心思想的缺乏，將造成價值觀的混亂，言論自由的不當利用，甚而使政客與媒體輕易誤導人民，政客言論不負責，媒體言論無是非。民主制度所期待的理想，最終將成爲名嘴撥弄民意的成果。

筆者心中痛——台灣未來看現在！

筆者認爲大陸的問題仍然以人口問題爲重，人口數要控制，人口質要提升，特別要注意的是當下的生產人口是當年「人多好辦事」口號下的嬰兒潮，正值旺盛期，沒有生產條件的配合，將造成人力浪費，十五年後這批人潮開始下崗，慢慢接上來的是一胎化以後的人力，消費人口與生產人口轉成倒三角，假如不好好利用這十五年改變經濟制度，快速改革開放，發展人力密集民生產業，消化次級勞動人力，平衡供需，將會盲流四起，動亂不息，再一次鄉村包圍都市，再多的兵力都無法壓制，無須外國入侵，政體自然潰散，唯有台灣的經濟發展過程可作借鏡，快速學習，非但可以穩定國情，國民所得亦可望加倍成長。

徐葵的訪問過程，印象及見解親筆紀錄，由聯合報以「胡耀邦外孫女徐葵訪問錄」連載刊出。該文也曾在大陸專供高幹閱讀的《大參考》上轉載，中共領導階層的決策深受影響。

十五年轉眼即過，今天的大陸不出筆者所料，人口控制雖然近乎不人道，總算達成目標。軍備沒有減輕外，經濟面的變化已達成七、八成的效應。不幸的是，台灣的部分也不出徐葵所料，尤其嚴重的是徐葵提醒我們引為借鑑的大陸各項弊病，十五年之後我們竟然照單全收……。

從青蔥一斤二百元談
——「特殊狀況特殊價格」的合理性

七月十八日上午台北某大樓的客廳，天氣不熱，但濕氣很重，仍然開著冷氣，有爺爺、奶奶、爸爸、媽媽，還有念國中、國小的姐弟，斜坐在沙發上，圍著看電視。大白天一家大小團聚，還眞不容易，因爲放颱風假……。電視上的節目正在轉播各地災情，鏡頭出現淹水的田地，農民在風雨中搶收青蔥，有阿公、阿嬤、阿爸、阿母，還有兩人因爲塑膠雨衣太大，被風吹得鼓鼓的，看不清楚。突然一陣強風有一人被吹倒在蔥畦上，原來是小學生，小兄弟兩人幫忙搶收青蔥，因爲學校放颱風假……。場景是宜蘭三星被水淹的鄉下。

新聞炒作——只爲了轉移注意力？

第二天電視新聞熱炒，凌晨三點在台北批發市場拍賣價，青蔥每公斤四百元，第三天平面媒體隨著起哄，報章雜誌廣播電視熱炒一週，有智慧的人競相獻策發表談話，歸納結論是「農民沒良心發災難財，菜蟲大撈鈔票」。執政者也莫名所以，二十一日臨時調派檢察官到批發市場坐鎮。說也奇怪，檢察官查案，時間是凌晨三點，竟然有各電視廣播、各報記者上百人到場關切。次日執政長官發表談話，讚揚情治單位查緝生效，交易價已回復至每公斤百元以下。筆者詳查在二十一日之前十天平均價每公斤在一百五十至二百之間，之後十天的行情也相同，只有檢察官在現場監視的幾十分鐘（承銷商都是小生意人，不敢惹大節目，在攝影機鏡頭下，無人加價競買）價格跌至百元以下，檢察官離開，價格馬上恢復，這是否該算是公權力干預公平交易？監察委員休假中，應請立法委員追究。

其實七月十九日每公斤四百元，只有一件（二十公斤一箱）。報章雜誌報導這二十公斤青蔥行情所用紙張，絕對超過兩噸。在農業經濟學上，統計行情時，有去頭去尾的計算方法，就是最高一〇%最低一〇%不採計，中間八〇%平均價才算行情。反而這二十公斤非常態的賭爛價，卻是媒體最喜歡的「新聞」，不亂也怪。

平時青蔥批發價每公斤在三十～五十元之間屬正常，六月十二日中南部大水之後大產區全部泡湯，只剩宜蘭地區供貨，次日起價格自然攀升到一百五十～二百元之間（批發價每公斤二百元，零售價每台斤二百元，應屬合理）。政府不提，媒體也不報導，平安無事。海棠颱風（七月十八日）之前之後也都維持這樣行情，一經炒作就變成大標題。農產品價格的漲跌，政府少有能力處理，正如《時報週刊》的記者林新、張志勤、李明軒等三位先生所言，政府卻會把握機會作秀（如檢察官帶大批記者督察市場之類），然後虛擬一個沒良心的蔥農，撈大錢的菜蟲代罪，「其實只是爲了轉移注意力，讓大家忘了政府的無能。」——此段錄自《時報週刊》，不代表筆者本意。

《中國時報》記者蕭承訓先生從台北報導產地狀況：「檢警昨天聯手逮捕宜蘭『三星蔥』菜蟲郭聰政等人，原本打算魚肉鄉民壓低價格，後來蔥農反彈，才改以農會收購價成交。」此段報導讀者不易理解，販運商到產地收購，蔥農對不合理條件可以「反彈」，價格談到雙方可以接受，應屬自然生態，雖然不理想但也是運銷管道之一種，哪來蟲不蟲？至於「農會收購價」，顯然記者未到產地採訪，農會是爲蔥農建立品牌提供包裝箱，協助品管包裝，代運至台北批發市場，農會只收手續費及代運費，在批發市場公開拍賣決定價格，所得價款全部歸蔥農所有。因爲每天拍賣成交行情會有變化，農會跟批發市場要充分配合，按照節令、氣候、星期等因素商定適當到貨量，以免暴漲、暴跌，這一部分是對菜農的最大服務，媒體卻少有報導。

服務農民——農會哪些該做沒做？

台大農經系吳珮瑛教授在《中國時報》的文章內有「鄉鎮農會目前無法扮演好讓台灣農產品得以貨暢其流的疏通角色……。」台灣的農會在農產運銷方面盡量維護農民的自主權，有好的管道自由選擇，農民走投無路時，農會是最後的責任單位。筆者常說農政長官再怎麼努力，農民也不會完全滿意，農產運銷再怎麼盡力，問題也不能完全解決。玉井鄉農會收購的芒果倒在茺濃溪，台北縣農會在溪湖採購的高麗菜埋在虎尾溪，怎麼一回事？建議吳教授多下鄉來分辨農民的汗水與淚水……。

舉個例：農民養豬，農會貸放飼料，飼養過程提供健保，豬隻生病農會獸醫到家免費治療，養大之後農會派貨車載運到消費地批發市場，消費地的農會投資設立毛豬拍賣市場，以電腦設備完全維護拍賣的公平公開。成交價款保證由消費地農會以信用部金融系統免費匯入豬農所在產地農會的帳戶，幾十年沒有一毛錢呆帳，運豬途中萬一壓死，照平均價八折補償（哪來病死豬肉？）農會還有哪些該做的沒做到？水果蔬菜的運銷也一樣。只可惜正常的事沒有新聞價值，願意多瞭解的人不多。

筆者下鄉訪問三星農會，林順發總幹事表示：三星青蔥全台品質最高，向來拍賣價格最好，但是今年六月中南部大水之後價格比往常高三倍，此次海棠颱風因爲三星地屬「水頭」地勢高，水來得快退得快，可以搶救六成以上，不諱言整體來講比去年多一倍收入，但是員山較差，宜蘭、壯圍地處「水尾」，淹水時間較長，能搶救三成已不錯，高價格也只能貼補一些損失而已。台北縣農會供銷部楊棟樑主任，台大農經高材生，農產運銷行家，本家溪湖道地蔥農子弟，很感慨地說今年青蔥是百年來難得一見的天價，可惜自家蔥田淹水，一根蔥都不留，血本無歸者衆，高價受益者十不得一。楊主任先天下之憂而憂，只怕農民搶種，政府與農會不好好宣導，三個月以後還有另一場災難。

颱風過後三天的電視新聞節目，鏡頭上是梨山往宜蘭山路的坍方處有兩部怪手搶修，壯漢在旁指揮，記者趨近採訪：「請問是哪個單位？」壯漢回答：「種高麗菜的。」「怪手是哪個單位派來？效率那麼好！」「我花錢僱來的。」「爲什麼自己花錢？」「高麗菜運不出去我就破產了。」壯漢手指五、六部裝滿高麗菜等待通過的卡車。再問：「政府呢？」壯漢說：「不見了。」

自然法則——供需雙方合意就好

經濟學上有一個自然法則「特殊狀況特殊價格」，當物資極端缺乏時，高價位可以刺激增產（比如颱風天搶收農作物），也可以促進運銷功能（老百姓自行搶修山路，冒險運輸），更可以達到平均分配的效果，因爲價格貴所以少買，所以有更多人買得到。其實農產品有它的特殊性，因爲青蔥有調理烹飪功能，少量就能發揮必要的風味，所以價格容易飆高。冬瓜就不會，全台灣都沒有冬瓜也不會有價格攀高的可能。

颱風過了一個星期，公平會派委員周雅淑女士（前汐止鎮長，前立委）前往溪湖與西螺果菜市場抓菜蟲，出發前就預料會無功而返。農產品問題何其複雜，不是賞個官位就有學問，難怪轉了一圈回來：「沒有看到什麼。」

價格的漲跌直接因素是供需是否平衡。價格自然形成，沒有外力干擾，買賣雙方合意就是合理合法。政府有責任調節供需，而不能一味壓價，更不能把責任推給「找不到的那一條蟲」。

王董樓頂的菜瓜

王董事母至孝，王母早年在鄉下喜歡在自家小菜園種些蔬菜，王董事業大發之後，在十六樓頂開闢休閒蔬菜園，以順慈意。不用農藥，健康又營養，唯一遺憾就是每年菜瓜開花茂盛卻不結瓜。

王董旗下博士近百人，毫無對策。某日南部某廠長面見王董時聊起此事，廠長司機李君耳聞之後毛遂自薦，願意一試。一週後李君帶菜瓜蜂五、六隻，在十六樓頂野放，不出所料，當年結瓜累累，王母鳳顏大喜。

王董透過人事系統找來李君，當面嘉勉，連陞兩級獎金參個月，但請李君說出秘訣。李君是南部鄉下青年，高農畢業，坦白說出菜瓜（絲瓜）乃蟲媒，十六樓頂昆蟲飛不了那麼高，所以菜瓜花不受孕。（以上所述實乃傳聞，未經考證，是故不詳列人、地、時。僅供本文引言。）

農業界的悲哀——不懂農者決定農業政策

隔行如隔山，官再大，學位再高，如果不是自己的領域，其實都是白紙一張。

最近因爲有水果外銷大陸的話題，一時好多長官，財經政治界的學者，各類媒體評論家，搶著有話要說，有的因爲政治立場刻意扭曲，有的長篇大論言不及義，更有人從未到過大陸，批評大陸現況，甚至不知道水果長在哪裡，也可以大談農業問題。

眞正懂農業的哪裡去了？老的退了，新的接不上來，剩下的位階不夠高，即使講了也沒有人報導。突然間覺得農業界的知識分子蒸發了，由一些不懂農業甚至不關心農業的人來決定農業政策，這眞是農業界的悲哀。

筆者服務台北縣農會時，每年台大農推系都會安排三年級生到會參觀訪問，我做完簡報都會提一個問題：「同學們聯考時把農推系當第一志願的請舉手。」沒有人。「列爲前十志願者有沒有？」也沒有。連續五年同一個問題同一個答案。

更令人擔憂的是同學們畢業之後表示，願意從事農業工作的不到兩成，教育部探討過沒有？農政單位有沒有長官關心過？沒有農家背景的青年，只因爲想拿一個國立大學的文憑，或是聯考時塡志願不小心掉進去，這一類的「考匠」不只擠掉農村青年的求學機會，也造成教育的浪費。同學們也提一個問題：「我們願意從事農業工作，但是誰能給我們工作機會？」就業機會是決定是否學以致用的因素，也是聯考時排序的重要參考，農業界的負責人應該時時關心這個問題。

五年前在一個有關農業問題的全國性研討會上，筆者曾以農業人才培養提出建言，軍人、警察、教師、醫生都有公費制，建議農委會編列預算，推行具有農家背景的青年就讀農學院，公費負擔學雜費及生活費，畢業後輔導就業。當時，台上長官認爲我的意見非常「意外」，因爲預算難編，認爲不可行。

但是政黨輪替之後，已開始有農家子弟獎學金的辦法，可惜因爲不分類別，統統有獎，人數太多，雖然預算已放大數十倍，每人所能分到金額有限，除了吸票功能外，與原先筆者建言培養農業人才的用意已無關聯。

農訓協會與韓國國立順天大學訂有學術交流關係，筆者有幸以理事長身分率團前往訪問，該大學在日據時期爲高農，光復後升格爲農學院乃至綜合性大學。因爲原先的農學背景，非常重視農學教育，在農業與生命科學（院）內設有營農教育院（系）。該院招生以農家青年為必備條件，且單獨招生，可以排除非農業背景學生佔缺，眞正學以致用，畢業後保持與大學聯繫，隨時提供新資訊。可作為台灣農學教育參考。

農村要有前途——不妨多聽聽老農的頓悟

台灣在光復以後為農業極盛時期，農業生產以及農產品外銷都佔有重要的比重。這段時期除了被認為發揮培養工業的功能外，鮮少被提起的還有培養農村第二代人口，迎接台灣經濟奇蹟的貢獻。當時農會對配合政府推動的輔導轉業以及自動留農，都有適當的安排。經濟發展之後，農業以及農產比重的降低乃屬必然，全世界各先進國家都有相同狀況。

但是綜觀各先進國家的農業仍然是先進的，所以不能以國家整體經濟發展爲由，輕易放棄農業的更上層樓。最近幾年農村第二代人口已漸漸退出第一線，就像《無米樂》的場景，在回顧即將退出的人生舞台時仍然非常認命，因爲阿爸在要鬆手的時候一再交代：「守著陽光，守著田園。」但是要交給兒孫輩時卻叮嚀：「有路就去，別老死在田莊。」農村可有前途？不是靠政客的口號，要聽聽老農的頓悟，留在農村的除了無路可去的忠厚人，應該及早培養農村領袖人才，八萬大軍已去了一大半，在還不太晚時，確保「三萬」可以吧！

高普考農業類科幾乎沒有名額，農政機關要用人時卻找不到農業人才，所以只好調用沒有農學背景的現職人員佔缺，佔了以後農業類科又沒有名額，一再循環，目前農政單位（除了試驗改良單位）長官有農學背景的恐已不足三分之一。

人才的培養晉用與制度結構有絕對關係，農政問題常有時效性，過去採行的「技術人員任用條例」適時有效解決不少時機性任務，也塡補不少地方機關的農政人才。

法規只有一套，掌舵者影響領航的方向

至於農會方面，過去農會總幹事的產生要靠「人氣」，所以早年因爲推廣人員與農村幹部接觸的機會較多，培養「人氣」較容易，幾乎總幹事職位交替時，推廣人員總是佔優勢，在二十年前，全台農會總幹事具有農科院校背景的幾佔半數，後來因農會業務結構的轉變，以及總幹事產生的法規以外的條件變化，目前只剩一成多而已。

農政單位如果認爲農會應完成農會法所賦予的任務，負責人的農學背景甚爲重要，則修改農會總幹事遴選辦法，規定農村型農會總幹事必須有農學院校學歷背景，對農會的安定及水準的提升必有幫助。人事管理辦法再修訂秘書人選要有一定比例的農學背景，則對農學畢業生的就業管道更有幫助。

法規只有一套，但是執行結果卻有千百套，各農政單位、團體領導人對農業的認知，直接影響到領航的方向。眞正了解農業，才能達到農業人期望的目標。

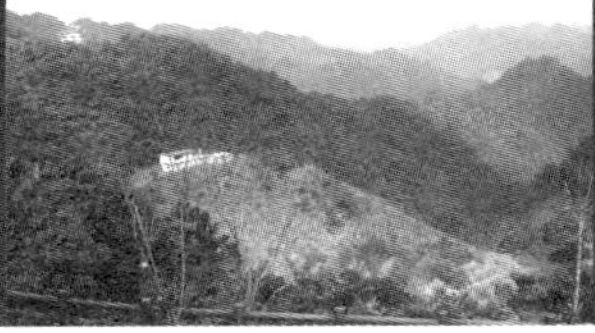

「生產申報制」與「生產責任制」之探討

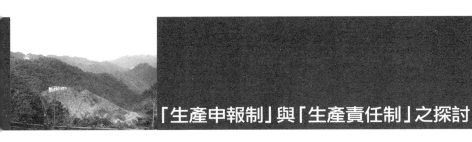

游前院長來自農村，對於農業問題向來比較重視，二〇〇三年底對於農產品價格變化，提出「九五機制」的宣示，農業界爲之振奮。意指農產品價格下跌，低於成本時，政府一律以成本的九五折無限量收購。

眞正瞭解產銷問題人士，都替游院長擔心，實際執行時的複雜度恐非三言兩語說得清楚。事後也沒有下文，是否決策過程參與的都沒有農經專家，事過兩年始終未見啓動「九五機制」，假如這還不算是政策，只是說說而已，那也就無所謂了。

要啓動「九五機制」——靠生產申報制

台灣的文旦柚可說是全世界最好吃的柚子，可是一過中秋節就乏人問津，所以迴歸線以北的柚農，每碰到白露在中秋過後的年份，都叫苦連天，早收甜度不足，晚收過了中秋沒人買。今年農政單位宣布中秋過後政府保價每公斤三元收購。弄不清楚到底是因爲今年天災不斷，樣樣欠收，還是眞正銷往大陸，市場最低價還維持在每公斤十五元（批發價），所以沒有柚農要求收購。路過瑞穗與路邊擺攤柚農聊起此事，不料柚農卻破口大罵：「每公斤三元收購，把農民裝肖，大官搞不清楚什麼叫成本？」

每公斤三元應該不是啓動「九五機制」，假如農政官員眞的把文旦柚的生產成本換算在每公斤三元，那就太離譜了。要眞正推動「九五機制」，要先確立農產品生產成本的計算公式，其實成本的計算非常複雜，有人說農民免扣所得稅，事實上稅法並沒有規定農民免所得稅，只是稅政單位研究了九十四年，還沒有辦法訂出農產品生產成本的核計方法，所以只好暫時認定「農產品的銷售所得視爲生產成本」，農民的生產所得暫時無須申報。不知道農政單位有沒有比稅政單位高明？

一般來講，農業生產成本其中半數應屬勞力成本，換句話說，「九五機制」就是保障農民至少有一般技術勞工報酬的九成收入，假如計算基礎是這樣認定，因爲農民很認命，有九成工資，就會一頭栽進去，到時政府肯定無力招架。假如游內閣的宣示，謝內閣仍然認爲算數，那麼及早規畫「生產申報制」以確實掌握合理生產量，就有其迫切性。

產業資訊是有效維持經濟穩定的重要工具，台灣也算是資訊發達的先進國家，可惜在農業方面，有哪些農作物農民盲目搶種，農政單位也只能做推測，缺乏正確數據。能否推動全國性的計畫生產，建立生產申報制度，可達保價與保量的雙重目的，推動「九五機制」才有所依據。

農產品生產履歷——通路行銷之鑰

農民有要求「所生產的農產品獲得合理價格的權利」，但是不要忘記農民也有充裕供應農產品，並讓消費大衆吃得安心的義務。筆者坦白承認，有少部分農民栽培蔬果，把自家用與銷售用分開處理，也就是說，爲了銷售而栽培的蔬果，自己不敢食用。畢生從事農民教育工作，始終無力改善，是筆者終生的遺憾。

近十年來，台灣已變成騙子與黑心貨的天堂，騙子從頭騙到尾，黑心貨更是充斥東西南北，或許農產品有一點點小問題也不值得大驚小怪，台灣有些城市測一下水質與空氣，會發現適合人類生存的環境已漸漸消失，也幾乎無法避免天天吃到問題食品。但是農民自認爲，稻田是跟土地公合夥的，《無米樂》的田頭老阿伯，更認爲耕作是一種修行，既然這樣，農家就需要以更高的道德標準來對待自己的農作，不亂用化肥，不亂用農藥，生產安全的農產品供應大衆，才是爲自己也爲子孫積德。

政府在產地農會、農產品批發市場、集貨處理場均輔導普設農藥殘留檢測站，筆者擔任農會總幹事時最爲重視，所以台北縣農會調配中心，所設檢測站每月檢測件數測出績效均列優等，但是蔬菜爲保鮮流通速度很快，每當測出殘留過量時，貨品已運出、賣出甚至已吃進肚裡，爲了有效阻止過量施藥一再發生，筆者曾在某場合，建議要追溯供貨農民的責任，嚴重的更應該追訴法律制裁，但是農民團體多數幹部認爲，筆者爲農業工作者，卻自找農民麻煩而紛加指責。

台灣芒果品質全世界最好，多年來外銷日本價格頗高，農民獲得不少利益，但是日本海關檢測非常嚴格，遇有不良殘留過量全數銷毀，筆者訪問玉井、南化等地果農時，據說契約供應外銷日本部分，都非常小心控制用藥，內銷部分就比較隨便，其實農民可以做得到，只是政府沒有嚴格要求就「隨便」了。

最近水果登陸炒得正熱，其實台灣水果拓展外銷是唯一正途，隨之而來的是如何通過各國海關檢測問題，生產時不要求嚴加管制，貿易糾紛必多。欣聞農委會已起草「農產品安全法」，雖然內容不得而知，但是政府要求農民對自己生產的農產品要負責任，一定無可避免。但願農友弟兄能全力配合，台灣的農業才能眞正走入「先進」。

狂牛症、禽流感等等造成全球人心惶惶，未來的基因改造產品對人類到底有多大影響，都是即將面臨的疑慮。眞正先進國家已開始推動農產品在銷售時應檢附「生產履歷表」的規定，生產所用資材、培養管理方式，消費者在購物時可以一目了然，生產者對自己的產品應負責任，已是二十一世紀的趨勢，台灣或許無法立即跟進，但是供貨檢附生產證明（目前毛豬已執行得很好），或責任承諾書，應屬可行，只要貨源可追溯責任，農民在生產過程中就自然會「非常小心」。

再一次為農業金庫同仁「加油」！

筆者有幸受農業金庫董事會聘爲「資深顧問」，對全國農漁會能有所效力的任務向不推辭，金庫林董事長對筆者也相當禮遇，安排有顧問辦公室，十月十八日例行前往金庫，林董事長突來向筆者辭行，因事前毫無風聲，不但感覺意外，簡直不可思議……。爲了緩和氣氛，筆者表示：「到農業金庫來是犧牲奉獻，回農民銀行就個人來講也是一件好事。」林董事長認爲農業金庫是開創新局，對財經工作者來講是一番考驗，也是一種榮譽，再苦也樂意承擔。回農民銀行是日落西山，要面對一大群同仁走向未知的金改，心情非常複雜。言畢，兩人相對無語，內心充滿無奈……。

農業金庫——爹不疼娘不愛的時代產物

農業金庫事實上是政府推動基層金融改革過程中，踢到鐵板反彈出來的產物，在天時、地利、人和等條件中無一是處，財金專家都認爲最近幾年的低迷景氣，新創一個金融機構簡直是瘋狂。

但是農漁會界面臨存亡之秋生命交關，爲了確保對農漁民的永續服務，首次發動全國農漁民「進京請願」。這一次的走上街頭印證幾件事實，第一：多年來農漁會的推廣教育確實達到農漁民組訓的成果。第二：政府常認爲農漁會的意見不能代表農漁民，已經由十二萬人給答案。第三：農漁會到底有多少服務功能，在農漁會可能消失所引起農漁民的恐慌可見一斑。

政府對於施政的草率終於認錯，但是始作俑的專家們若無其事，兩位很想做事，還來不及弄清楚狀況的主委跟部長，卻被迫應聲下台，以平民怨。在四面楚歌的風雨中，「農業金融法」以吵鬧跟妥協交互運用，原先立委諸公毫不在意的法案在受害者推動的狂浪中硬闖過關。

依據「農業金融法」成立的農業金庫，眞是爹不疼娘不愛，政府是心不甘情不願，農漁會對於政府有多少誠信也抱猜疑。好在股金的籌措，官股方面農委會李主委很巧妙地找到財源，輕鬆且如期撥款，給農漁會界一顆定心丸。至於農漁會應撥股金，媒體似乎不看好，甚至有人等著看笑話。難得胡副主委與賴局長很誠懇地鼓勵農漁會，原先以爲需要一番折騰的民股股金一〇二億，竟也如期到位。這方面農訓協會給全國各農漁會領導人「自己要的，應該要全力以赴」的觀念也是一大助力。

好的開始並不是成功的一半，接下來的人事問題更需要智慧，首先由主管機關解釋，民股代表人可以由總幹事出任，算是有擔當的做法，解決了農漁會界極大的困擾。

接下來是董監事與主要幹部的安排。民股方面的董監事，因爲這齣戲是由農訓協會起鼓的，總要把戲演完，協會依各種數據訂出各區域分配名額，甚至把預定名單都列供參考，經全體與會總幹事協商順利獲得理解。但是投票現場還是狀況不斷，雖然最後全部按照協商名單出爐，難免還是有人抱怨。運作過程中，陳副秘書長費盡心力完成歷史任務，應加以肯定。

至於官股方面比較簡單，只要一紙派令就可完成手續，但是名單（特別是董事長、總經理人選）是否能獲得農漁會界接受，主管機關量必費盡心思，直到林董事長、丁總經理出線後，以他們兩人的資歷普獲農漁會界歡迎，至此才算「成功的一半」。

農業金庫雖然成立的景氣時機不對，但是它是一個政策性的機構，基於政府與全民的共識：其一是基層金融爲了服務偏遠弱勢地區有永續存在的必要。其二是農業金融有別於一般金融，必須以法律加以保障。這兩點共識事實上與政府推動基層金融改革的原意背道而馳，爲了展現順應民意，推動的時程就有急迫性，能在五月份成立雖顯匆忙，倒也順利過關，農業金庫的工作同仁首次受到肯定。

放款業務——工作團隊主要努力的方向

開業之後農漁會界期待殷切，金庫業務項目及對信用部應辦事項各有五項，但其重點不外：一是信用業務的輔導，二是存放款的全國性整合運作。開業半年以來，因爲農漁會經過風暴之後，行事已較謹慎，而且景氣已探底，沒有什麼重大的輔導案件發生，各地區輔導人員努力進入情況，恐怕還需要一段時間才能評估成效。

至於存放款的整合運作方面，林董事長領導的團隊已獲初步成果。籌備之初在起草事業計畫時，筆者曾經強調，將來存款業務百分之九十來自信用部轉存，件數少，金額多，人力成本少，利息成本高，營業廳都不一定有需要，自然人存款戶有限，但是中華經濟研究院仍然參考一般銀行進行規畫。

不出所料，目前營業門廳少有客戶走動，放款方面是工作團隊主要努力方向，也是壓力最大的部分。半年來存款轉入約六百億，因爲無條件接受，所以初期利率一・六七％，比其他農業行庫一・七七％稍低，各地雖有意見，但筆者分別拜訪台東、宜蘭、台北、新竹、雲林等基層農會進行溝通，說明因爲其他行庫是有條件接受，定期活期要有一定比例，所以各受訪總幹事都可以理解。

目前他行已調爲一・八七％。金庫跟進一・八五％，小額差距屬技術性操作，對農會已無太大影響。金庫放款未能一步到位，部分資金暫時轉存央行，利率低於農漁會轉進標準，視為流血操作，為求信用部與農業金庫雙贏，應能獲得諒解。

最近林董事長著力於推動大額聯貸與票券業務，都有突破性成果，因為林董事長與各金融機關互動良好，曾向筆者表示：「到年底預估可望少額盈餘。」投資農漁會應可放心。

陣前易將——最怕經營團隊精神破功

林董事長無預警回調，他手上的經營計畫突然斷線，層峰眼裡對農業金庫的輕重，使農漁會界驚覺，領導人的更動必使經營團隊付出重大代價。新領導人的到任必須有一段磨合期，假如領導風格有重大差異，原有團隊精神勢必「破功」。不少基層總幹事來電，筆者亦無可靠消息奉告，最怕的是與十二月選舉安排有關，假如涉及政治酬庸，農業金融法亦將付之一炬。

農業金庫按照規定，政府股份逐步退出，將來農漁會認股提高，必須負起經營自主權。依目前董事長更換未先照會股權五十一％的農漁會，顯然不妥，但是五十一％是散戶，金庫亦難以應對。建議民股董監事應成立次級團體，以協商方式強調權益，為配合將來的眞正接管，應開始培養人才，逐步接手工作團隊。

目前丁總經理暫代董事長，尚未瞭解層峰眞正意向，假如林董事長在農民銀行任務完成後回庫，短時間或可忍耐。如無此計畫，多數農漁會董監事的看法，由丁總眞除，對團隊運作影響可以降低到最小，也許是唯一不會引起農漁會界爭議的方式。

台灣在哪裡？——「大東亞共榮圈」

翻閱雜誌上有關全球各區域形成經貿合作報導，內容有歐盟、北美自由貿易區與未來美洲協定、東協十加三等。其中因爲東協十加三與台灣有關，特別引起筆者注意。

東協爲汶萊、高棉、印尼、寮國、馬來、緬甸、泰國、越南、菲律賓、新加坡等十國，加三爲中國大陸、日本、韓國。翻閱到地圖部分時，感覺非常眼熟，再三探究以後才發覺，此乃六十年前長兄林木榮交給我大日本帝國建設亞洲新秩序的「大東亞共榮圈」地形圖。除了管轄主權有變，地形與各地天然資源完全相同。令人擔心的是「共榮圈」的航空線、海運等以台灣爲中心，圖上以紅色表達。東協十加三的地圖上，台灣變成空白……。

形勢所趨——區域經貿聯盟

一九六七年，印尼、馬來、新加坡、菲律賓、泰國等五國發表宣言成立東盟。直至一九九九年止，汶萊、越南、緬甸、寮國、高棉相繼加入而成立「東南亞國協」，並選定中國為對話夥伴，日本、韓國跟隨在後。即將簽署的協議為：二〇一〇年之前東協加中國成立自由貿易區；二〇一二年前日本納入；韓國最遲在二〇二〇年前加入後，將成為世界最大自由貿易區。因經濟利益所繫，印度、俄羅斯、紐、澳均競相爭取友好關係，因地理形勢所必然。二〇二〇年目標為組成與歐盟相同功能之機制，以為區域平衡。

歐盟為一九五七年組成之歐洲共同市場逐步發展而成，其締約國之間尚有不同功能之組織。軍事目的之北大西洋公約，具有共同防衛功能。申根公約突破國與國之界限，締約國人民得自由在各國進出、居留，其他國家人民取得申根公約任何一國簽證，即可自由進出訪問其他各國。二〇〇二年歐元之發行，更將國境意義降至最低，未來兩年歐洲憲法通過後，歐盟在實質上已成爲聯邦。顯然二十一世紀的風潮爲努力減低政治上國家意識的束縛，朝向區域經貿聯盟、資源互通。未來對全球影響，經濟必然超越軍力。

歷史悲歌——台民何罪之有

台灣人民對自主權及國際地位的渴望，應可理解，但長期停滯在意識型態；甚至以台獨爲目標，而放棄其他一切可能，是否背離二十一世紀的世界大趨勢，亦應不時檢討。台灣爲島國，領域資源有限，生存發展均賴貿易，如不及時調整腳步，二〇一二年之後，各區域自由貿易聯盟建立，獨漏台灣，勢必走投無路，到時所謂自主權、國際地位均將化爲泡沫。

少數強烈倡導台灣獨立意識者，據分析多爲接受日本教育之菁英，或受影響之後代，甚至部分僑居日本回台干政者，潛意識裡有認日本爲養父母之疑。以雙十國慶用日語致詞爲例，可見中毒之深。部分智識分子以台灣在一八九五年已獨立，來論證其思考模式之合理性。筆者不揣淺陋，敢在此引據近代史，欲導正部分人士思想之偏差：

一九六五年馬來聯邦決定令新加坡退出，自行立國。當時無建國儀式，亦無慶祝活動，新加坡人含淚接受，自認被聯邦拋棄，不知來日如何生存。此後十年李光耀以高壓手段治國，人民所受痛苦與不自由，數倍於蔣介石政權，新加坡人卻逆來順受。華語系人民所建小國，周圍爲巴哈西語系強鄰環伺，新加坡甚至以馬來國旗與印尼國旗拼湊爲新加坡國旗，以乞求生存空間。新加坡人之忍氣吞聲，當非吾人所能體會。今日新加坡雖仍爲小國，但國富民強，在國際上舉足輕重，當年獨裁者李光耀被尊爲新加坡之父，台灣人可有此雅量？

一八九四年七月甲午戰爭爆發，是年九月唐景崧奉派爲台灣巡撫，次年五月清兵在平壤潰敗，日軍渡過鴨綠江，佔領威海衛。李鴻章奉命議和，日方要求割讓遼東半島、台、澎，另加賠款。後因德國干預，改爲增加賠款，撤銷割讓遼東半島之議。唐景崧策動英國施加壓力，盼以同樣模式增加賠款以撤銷台、澎之割讓，但因英國未盡全力，且清廷以台、澎爲化外之地而未果。馬關條約簽立後，唐景崧面見李鴻章以「甲午戰爭潰敗，台民何罪之有？」悲憤表示出賣台民爲奴，台民不從，誓死抵抗。

李鴻章告知唐景崧台民抵抗勢必拖累朝廷，如有不從，須先切斷關係。經李鴻章默認後，同年九月唐景崧返台，宣布台灣獨立，全面抗日與清廷無關。九月十五日推唐景崧爲總統，通電世界各國，台灣民主國成立，定年號爲「永清」，並口諭萬民雖然立國，「永奉清制，不離中土」。月底日本明治天皇之弟北白川宮能久親王率近衛師團攻台。文武官員大都奉命撤回唐山，僅劉永福所統黑旗軍留守，劉永福爲中法戰爭在越南大敗法軍之名將，所統黑旗軍勇猛善戰，與近衛師團對抗時，能久親王戰死陣中，可見其戰況慘烈。因黑旗軍人數有限，有義民參陣，樺山總督以對手軍民難分，遂發布「無差別討伐」令，不論男女老幼，格殺不論。對無武器之平民屠殺，違反國際公法，但列強袖手旁觀，清廷亦不敢過問，此後百日任由台民呼天喊地，血流成河，台灣民主國隨之解體。（此後五十年日本以軍力將「大東亞共榮圈」納入勢力版圖，雖驅走歐美殖民宗主國，但日軍對待「友邦」人民殘暴不仁，「共榮圈」變成「反日圈」，注定日本之敗亡。）

台灣運命——取決兩岸未來

近來政治菁英在重要政治活動時，常有拜請先賢指點托夢「節目」。建請萬勿遺漏唐景崧、劉永福諸先賢，以免數十萬慘死近衛師團鐵蹄下之先民含恨九泉。至於台灣未來走向應以多數人意願爲依歸，不必太過堅持自己的信念：在電視節目上看到汪笨湖先生鼓勵台商要學以色列，有志氣，不賺阿拉伯世界的錢。把海峽兩岸關係比照以色列在中東相提並論顯然不洽當，不是故意誤導就是缺乏歷史地理常識，因爲以色列人不拜阿拉眞主，台灣人卻每年到湄洲請媽祖。

要台灣人作抉擇之前，政府與媒體有責任加強國民的「公民」教育，正確地告訴百姓，台灣目前在國際間的處境以及台灣的過去、現在與未來。蔡英文坦白承認，五年來政府推動本土化，慢慢走向鎖國，是否應該改變，思考如何與全球化接軌？連戰先生訪問大陸，在北京提到兩岸經貿共同體的構想，在二〇一二年之前可以不計名稱或形式，努力把台灣安放在「共榮圈」的中心點。

兩岸分別謀生已超過百年，差異太大，不妨以「內政分治，外交結盟，經貿共營」之原則努力尋求兩岸之安定繁榮。

【註】本文部分資料參考淡水鎮農會前農事指導員戚嘉林先生所著《台灣歷史新貌》乙書。

「自然」「原味」與「方便」

從電視上的新聞報導，看到高雄縣楊秋興縣長爲了鳳山國中改建校舍「非常生氣」。筆者印象中，楊縣長是最不像縣長的縣長，平穩謙虛沒有官架子，平時話不多，從不衝動講重話，爲什麼校舍的「外觀」會引起楊縣長如此突出的表現？次日平面媒體詳述楊縣長最不滿的部分是外觀缺乏「地方特色」，規畫不適教學用途，整體非常惹人刺眼等等。歸納之後發現原設計的建築師走的是有創意的「未來派」，所謂未來派經常會抵觸筆者畢生責力推廣的「自然」「原味」「方便」原則。

自然，原味的堅持

筆者留意日據時代遺留下來的中等以下學校校舍（其實中等以上也僅台北帝大而已），講求面臨主要馬路，正面「陽氣」（中間部分要趨前、高度要突出），教室以方塊排列，走東西向，走廊朝南（採光自然、避開太陽斜照），教室與運動場所距離，小學不超過五十公尺，中等學校一百公尺；南北走向安排爲辦公室、實驗室、才藝教室、圖書館等。但是台灣光復以後新建校舍已不太講求這些原則，特別是私立學校遷就於地形，常見教室掛窗簾再開日光燈，鳳山國中校舍根據報紙登出的地形圖，明顯發現違背上述基本原則，特別是正面斜向凹入，明顯「陰氣」，恐怕是楊縣長最不能忍受的部分。

公共建設的規畫或外觀，常因主事者的好惡有所影響，跟整體參與者的學識智慧無關。讀者如有機會走進台大校門，請看左邊有一棟非常突兀的白色建築，校友通稱它爲洞洞館，是當年農復會補助經費，創設農推系的系館。它跟台大其他校舍的不搭調可列爲絕配，閒人閒語，都說因爲台大沒有建築系，才會有這樣的建築物。其實洞洞館並沒有什麼缺失，只是矗立在台大的門面既不「自然」也破壞了台大整體的「原味」。

創意，非自然的突兀

現代人對自己設計的東西都要求有現代感，尤其設計公共建設的建築師、造景師、藝術家希望自己的作品更具有未來感。假如讀者看一場以二二〇〇年爲背景的電影，所看到的場景必然是不對稱、不平衡、不踏實的虛空感，越不合理的搭配，卻是原作者最喜歡的「創意」。

不知道是否地理風水的因素，特別會孕育出這樣的氣息，筆者的故鄉宜蘭縣，不管是縣政府或縣議會都達到這種不實在的新鮮感。或許因爲打破政府建築必須具有莊嚴外表的「迷思」，讓政府機構摒棄衙門的氣息，老百姓到縣政府洽公有「回家的感覺」，獲得建築及藝術界的讚賞頒給建築獎。陳前縣長喜歡有創意，認爲是另一種新的地方特色，但是爲了配合藝術感，各局室的配置無法有條理，老百姓初進縣府洽公找不到要找的單位，甚至辦完事找不到門出來。

另一方面，據說建築規畫背離中國堪輿學的法則，在縣府上班的公務員常有壓迫感、虛空感、追突感而有恍神的連鎖反應；甚至有縣議會的部分議員提議因爲建築風水的影響造成不平安的後果，要求改修。事實上，這樣的建築原意就是要打破風水觀念，再拿風水理論來檢討，問題就複雜化了。筆者成長過程，宜蘭是樸實單純的農業縣分，並沒有標新立異的風氣，不知呂縣長就任之後是否會認爲縣府、縣議會大樓都背離宜蘭縣原有的「地方特色」。

其實半世紀不變也難，好像宜蘭縣變化較多，爲了理解社會的多元性，建議讀者搭乘火車到宜蘭，一定要在宜蘭站看左前方的展示館。自己開車的話，不要遺漏台九公路在礁溪路五段電信局右側的樓房，可能是全台最有創意的建物，假如你也是堅持「自然」「原味」「方便」原則的信徒，更能夠發現「非自然」「缺原味」「不方便」的眞正意義。目前社會有太多不同的思考模式，造成太多隔閡，假如能調整心情去包容、接受這樣的創意，應能得到修心養性的正果。

一九九二年起政府推動休閒農業，大力鼓吹農民串聯成立有地方特色的園區，政府沒有限定基本原則，由各地區自由發展，大部分由農會輔導，有的做得很成功，農民也有轉型翻身的機會；但難免有些不能重視地方特色，投資之後荒廢掉。所謂地方特色簡單講就是鄉間的「原味」，所有成功的案例，基本上都掌握到本文的主題「自然」

廣	告	回	信
台灣北區郵政			
管理局登記證			
北台字第15949號			

235-62
台北縣中和市中正路800號13樓之3

印刻出版有限公司　收

讀者服務部

姓名：＿＿＿＿＿＿＿＿　性別：□男　□女

郵遞區號：＿＿＿＿＿＿

地址：＿＿＿＿＿＿＿＿＿＿＿＿＿＿＿＿＿＿

電話：（日）＿＿＿＿＿＿＿＿（夜）＿＿＿＿＿＿＿＿

傳真：＿＿＿＿＿＿＿＿

e-mail：＿＿＿＿＿＿＿＿＿＿＿＿＿＿＿＿＿＿

INK

INK PUBLISHING

讀者服務卡

您買的書是：______________________________

生日：________年________月________日

學歷：□國中 □高中 □大專 □研究所（含以上）

職業：□軍 □公 □教育 □商 □農

□服務業 □自由業 □學生 □家管

□製造業 □銷售員 □資訊業 □大衆傳播

□醫藥業 □交通業 □貿易業 □其他________

購買的日期：________年________月________日

購書地點：□書店 □書展 □書報攤 □郵購 □直銷 □贈閱 □其他

您從那裡得知本書：□書店 □報紙 □雜誌 □網路 □親友介紹

□DM傳單 □廣播 □電視 □其他

您對本書的評價：（請填代號 1.非常滿意 2.滿意 3.普通 4.不滿意 5.非常不滿意）

內容______ 封面設計______ 版面設計______

讀完本書後您覺得：

1.□非常喜歡 2.□喜歡 3.□普通 4.□不喜歡 5.□非常不喜歡

您對於本書建議：

感謝您的惠顧，為了提供更好的服務，請填妥各欄資料，將讀者服務卡直接寄回或傳真本社，我們將隨時提供最新的出版、活動等相關訊息。

讀者服務專線：（02）2228-1626　讀者傳真專線：（02）2228-1598

「原味」與「方便」。

方便，自然原味的生活

筆者曾參考成功案例，將新店往烏來路上原稱「茶業指導所」的茶園開發爲具有推廣教育用途的休閒農場，定名爲「文山農場」。它以保持自然環境爲優先，所有林木登記列管，未用荒地闢爲球場、體能訓練場、露營場、烤肉場、泳池、林間步道等活動場地，避免建設機械式的遊樂設施，以享受自然美景的休閒活動吸引來客，再以茶園的特色來帶動茶藝推廣教育。尤其製茶場廠房及茶藝教室的修建維持紅磚砌牆，並遠從日本岡崎進口文化瓦整修屋頂，以保持百年前建場時的「原味」，雖然整修所花經費遠超過新建，但是維持整體景觀的

「順眼」卻是吸引有品味遊客的最佳賣點。

特別是當年的農委會主委彭作奎先生大加讚賞之餘，並親自爲吊橋啓用題字，副主委陳武雄先生因爲對文山包種茶的特別喜愛，並對農場整體環境的嚮往，堅持自行付費，把文山農場訂爲招待親朋好友的後花園。

筆者畢生努力打破農經學者所訂「農業生產要以市場需求爲導向」的理論，以教育消費者認識本土農特產品，進而引起喜好，促進市場行銷的反向操作。農場設有大小不同共五間茶藝教室，除了特定時間訓練茶農及農村青年的專業課程外，大部分提供爲消費者的茶藝入門教學，農場聘有多位農學教育背景的專業解說員，特別是領有茶師證照的大鬍子「水成師」，能在一席之間引領聽衆走入茶世界來發現台灣高深可貴的茶文化。很多人學茶藝之後更在空虛的生命中，開創出另一片高雅而有意涵的生活空間。

台北日僑學校帶學生到文山農場戶外教學，老師們發現農場整體的「自然」「原味」與「方便」的價值，把文山農場編入教科書成爲必修的一課，特別是「水成師」的茶藝教學示範，讓老師們體會到日本茶道的繁瑣矯作，韓國茶禮的嚴肅乏味，而台灣茶藝才是眞正能貼近人性，融入生活，享受好茶的藝術。泡茶過程中掌握到自然、原味、方便的原則，在優雅、流暢、順手的動作中展現出美感，此後每年日橋學生在畢業之前一定要到文山農場體驗，拜「水成師」學藝。

筆者服務農界，開始有主導能力之後，不論人事安排、業務推動、建設規畫甚至待人處事皆以自然、原味、方便爲原則，一路走來，數十年都還能讓衆人接納，同行夥伴也能感受到平順安詳。反觀現代年輕人追求「創意」「突出」，從穿著服飾、休閒娛樂、爲人處事、感情生活，都趨向不對稱、不平衡、不踏實的未來感，各行各業都有菁英，特別是政界常有政客「與衆不同」的表現，造成多數人的困擾。

迎接未來的不可預知，有心人士除了保護環境，防止物種滅絕之外，若能倡導「自然」「原味」與「方便」，人人將獲得祥和喜樂。

五十年前「星雲法師的開示」

一九五五年夏，第三度用竹竿挑著書包與白米上山，同行的有正雄兄與南祈兄兩位同班同學，利用暑假到宜蘭縣礁溪鄉刺仔崙山上的圓明寺修行。清早起溫習功課，準備應付來年就業特種考試，下午到後山運動練身體，傍晚與師姐學擊鼓（晨鐘暮鼓），聽聽師姐淨言之後早早就寢，其實並無學佛念經的本意。師姐單名「森」，某日擊鼓之前告知「南廂房有掛單和尚，聽說學生在寺內，很高興託我來邀請各位，今晚移駕南廂房，同修佛學。」筆者自認佛門深奧，恐難對談，隨即回說「謝了」、「免了」。森姐提醒，掛單和尚非普通僧人，法號「星雲」。

論法——星雲法師學堂開講

「星雲法師」在宜蘭縣小有名氣，因為當年各寺僧尼，大多因時運不濟而遁入空門，眞正深研佛理者不多，就如圓明寺住持「妙端師」會唸經但不識字。宜蘭市北門口雷音寺，設有佛學堂，「星雲法師」主講，開風氣之先，用國語講佛法，法師辯才無礙，常以科學知識解釋佛理，代表宜蘭智識分子的蘭陽女中、農林學校學生群入佛堂聽法者衆，蔚爲風潮……。

在大陸，和尙住持者稱「寺」；尼姑住持者稱「庵」，少有和尙、尼姑混在一起。在台灣皆稱「寺」，未見有稱「庵」者，但和尙、尼姑仍然有別，雷音寺、圓明寺當年不收男僧，即使掛單也有忌諱，法師並無小僧隨身，生活起居皆由女尼照料，深受年長信徒指責，在圓明寺時聽說也有山下信徒登山抗議，筆者因有質疑從未到堂聆聽。

森姐小學畢業後到高雄壽山佛學院（數年後發展爲佛光山）修習三年正式取得比丘尼資格，但未削髮。平常著黑紗留長髮，以「在家修」身分在寺內執事，是當時寺內志工的「知識者」。筆者發現每天下午三時以後正雄兄會失蹤半小時，某日追問之下才知道原來每天下午森姐會到北塔誦經，三時以後從山崗上走回，因山谷清風吹起長髮黑紗隨風飄逸，如仙女下凡。女生發育較早，森姐看來較成熟，其實年齡應與筆者相近，正雄兄刻意在山路上「面會」不知可有罪過？擊鼓之後就此事請教森姐，森姐淺笑：「男生對女生姿態神韻之美有所感動那是『天生自然』，何罪之有？」森姐眉清目秀亭亭玉立，當問起為何尚未削髮？回答：「學佛不一定要出家，目前仍屬俗身，對各位美少年也有好感，並無罪過。學佛由淺入深，有朝一日佛緣降臨削髮入定，對男女之事當即不可思、不可想，不僅斬斷自己三千煩惱絲，也斬斷別人為你引起的煩惱，面對削髮身著袈裟之人，當無非分遐想，這是佛門刻意的界定。」想來，男女之事仍是佛門「煩惱」。

弘法——天地間佛無所不在

半句之後，法師突然親臨學生下榻之處，雖入夜燈光昏暗，法師不失光彩，杏眼垂耳，慈祥安穩，英氣所懾反而學生一時手足無措，言語支吾。頃刻四人坐定，森姐奉茶後告退，法師發言：「貧僧眼見各位溫習功課，鍛鍊身體，作息有律，活潑健康，可佩。貧僧渡台之後發現台民篤信佛教，甚喜。但是信衆對佛法一知半解甚或有誤解，貧僧發願以宏揚佛法爲志業，引導衆生步向正果。」「今夜時間有限，貧僧自述恐言不及義，請諸位就平常所關注疑惑問題提問，貧僧作答，如何？」

筆者並無腹案，一時隨意就先前與森姐談論之事請教：「信佛者皆以修成正果爲目標，成果之門莫如出家，出家者不婚不嫁，衆生皆修正果，而後何來衆生？」法師開示：「男女之事佛所不禁，在印度佛寺尚以雕塑形象教育信衆，男婚女配乃天經地義。至於出家者乃佛門志工，發願獻身事佛，佛理深奧，除卻生男育女，家庭俗事所纏，專心一意，長期潛研方能有悟，以近代講法須具『專業智識』方足以導衆生、宏佛法。佛教並不要求信衆人人爲僧尼，飲食男女生生不息方爲大千世界所賴，部分婦女以淨身爲由不願夫妻同房，實有違佛意，勿以男女爲穢事，以免影響心理健康，家庭和睦。」

再問：「其他宗教批評佛徒崇拜偶像爲愚昧，法師何解？」法師開示：「人類追求智慧，須先靜心專注，後經學習、導引、啓發漸次提昇。佛有佛像，道有神像，其實孔廟有牌位，回有新月，基督有十字架，其意義相同，信衆入門能集中意志達到靜心專注目的。道教所謂頭頂三尺有神明，佛徒學佛層次提高，佛入心中，佛像意義向十方延伸，悟得天地間佛無所不在。」

修法——自我節制一心向佛

再問：「佛徒倡素食，意義何在？素食常有豆腸麵肚之類是否有礙清心？」法師開示：「食物來源有植物、有動物，佛徒以動物有靈性，佛法戒殺生，儒有『聞其聲不忍食其肉』之意，動物在屠殺前有驚恐哀號，佛徒慈悲，免以食爲因殺生爲果。且素食之養分造成不同之生理及心理機能，使素食者養成能忍能守，不爭不鬥之性格，平心靜氣一心向佛。至於豆腸麵肚或其他素食，有畜禽模型雖有所不宜，爲信徒養性過渡，尙無大礙，台灣寺廟（道）均倡素食，貧僧所見，素食有趨向簡約、節制的意義，慶典時寺廟供齋或備筵，信徒在心理上視素食爲淨身，保平安之意，避免大吃大喝，食物亦較易保鮮，是值得提倡。」再問：「佛徒視蔥、韭、蒜非素，何故？」法師開示：「蔥、韭、蒜用以調味，促進食慾，據本草有藥效，促進血液循環，興奮催情，與素食平靜約制之旨有礙。」（近日法師在國父紀念館演講，聽衆提出相同問題，法師改以棄嫌戒解釋「因蔥、韭、蒜食後有異味，爲避免受人嫌，不食爲宜。」看來五十年後法師已有不同悟解，或許教義本來就不適合皆用科學解釋，特別是提到藥效部分，衛生署可能有意見。）

法師再強調：「學佛主要修得『自我節制』，不論飲食男女，好惡名利、地位財富，均適可而止，過分追求造成不平衡。五行生剋意義相同，以生育人口爲例，若不節制，人口過剩，食物不足分配，環境無法負荷，爲生態平衡，上天必須插手，如戰亂、如瘟疫、如饑荒用以減少人口，恢復生態平衡。人類追求權力，萬勿以『人定勝天』自誤，不論學術探究，不論政治慾望，無所不包，走火入魔，上天勢必插手，上天插手當屬『災難』，衆生切記！」

筆者一生謹記法師開示，受益無窮，讀者若有所頓悟，相去半世紀：不晚。

「糧食人道援外政策」之探討

二〇〇三年七月二日呂副總統突然關心農業問題，召見台灣重要農民團體負責人包括筆者等數人，前往總統府會議室舉行座談，同行的有農委會李副主委健全。依以往印象呂副總統與農業距離甚遠，少有瞭解，所以致詞簡短，表示要多聽各方意見，作爲參考。事實上呂副總統的思考方向很少成爲政策，但是席間各負責人仍然認爲多幾位高層願意關心農業總是好事，所以發言頗爲踴躍。筆者最後發言，提的是加入WTO之後，稻米進口、農田休耕與糧價下跌問題。

糧食援外——民間角色最自然

二〇〇二年政府承諾的十四萬七千噸已經進來，一期稻糧價應聲下跌，李副主委表示進口稻米全部留存政府指定糧倉並未釋出，應不致影響糧價。事實上糧商對政府沒有信心，只要糧倉有大量存糧，隨時有釋出的風險，糧商在進價時事先壓低以應付風險，首先吃虧的是稻農，所以庫存量是影響糧價的心理因素，要儘速消化庫存量才是可靠的辦法。

筆者建議經濟大國已透過「糧食援助公約」撥糧援助飢荒地區，我國應適時加入，以拓展實質外交，同時減輕存糧壓力。言畢，副總統與李副主委輕聲交談後，面向筆者表情嚴肅地說：「『糧食援外』政府不能出面，須交由民間團體承辦，你這麼熱心，我給你一萬噸，但是你要負擔包裝及運費。」給我一萬噸當然不是給我個人，指的是筆者代表的團體，團體作業有一定的程序，筆者無法立即答覆，遂表明援助對象爲北韓，兩週內提出報告，當場獲得副總統首肯，一萬噸到底是多少，用大卡車運要二千部……。

人道關懷——未敵政治之現實

依據聯合國估算，全球糧食產量足夠供應全球人口，但因分配不均，全球仍有八億人口飢餓，每五秒就有一個兒童因飢餓原因死亡，在蒙古二百五十萬人中，就有一百萬人營養不足，五十七%的北韓人民沒有足夠的糧食可以維持健康，海地有四十七%兒童營養不良，孟加拉有一百八十萬人須靠世界糧農計畫援助才能生存，阿富汗、祕魯、印尼、衣索比亞、非洲中南部各國等更有數億人口活在飢餓之中。美國、日本與歐盟各國透過聯合國「世界糧食計畫」對這些缺糧地區進行援助，我國雖非會員國，但基於人道關懷、回饋國際社會，由農委會頒訂「糧食人道援外作業要點」以提升國際形象，散播台灣的愛心。

筆者認爲在農業金融風暴之後，農會應及時提昇社會形象，承蒙副總統看得起，應把握機會展現農會系統處理國際事務能力，同時減輕存糧壓力，有助糧價回穩。立即由台北縣農會推動，農訓協會協助，兩週內辦妥有關包裝、運輸、裝櫃、燻蒸、報關、裝船等報價。

第一批五千噸費用新台幣八百萬元，由台北縣基層農會響應全額負擔。農訓協會透過韓國順天大學徵得南北韓民間交流單位「我們民族相互協會」支持，負責派船自台中港海運至北韓及北韓陸運之一切經費。完成協調手續後立即向農委會提出申請，農委會受理後進行內部作業，並於十月份口頭告知同意列入九十二年度「糧食人道援外計畫」，訂於十一月六日邀請內政部、外交部、財政部舉行審查小組會議，會中外交部代表認爲：「美國自二〇〇二年質疑北韓研發核武後，北韓先後驅逐國際原子能總署核檢人員，重起核電廠，退出核武非擴散條約，三度試射飛彈及提煉核廢燃料棒，造成東北亞情勢緊張，引起國際社會關注，各週邊主要國家為維持朝鮮半島非核化，促使北韓放棄核武研發，爰停止對北韓提供糧食、重油等援助，以期經由對話，和平解決核武危機。我身為東北亞之一員，自宜響應國際社會之倡議，促進區域和平穩定，在此敏感時刻，似不宜提供北韓糧食援助。」外交部科長的一席話否決了副總統的承諾，已加工的白米不能久留，臨時撥交展望會運往外蒙古。

美國表示，限核談判完成後將援助北韓五萬噸糧食，在談判前要求各國暫停援糧，以期迫使北韓就範，由三邊會談發展到六邊會談，始終沒有交集，當筆者將我政府決定援助北韓白米無法成行告知順天大學金總長時，電話中金博士用華語回答「北韓將有數萬人過不了冬天」。閉目想像，多少老人、小孩在冰天雪地裡飢寒交迫，原先這些事根本與筆者無關，插手之後才發現，同一個地球上有這麼多人活在不幸之中，他們渴望一碗飯，我們卻讓白米在倉庫中發霉，天地間有多少不公平，我們無能為力，援米計畫未能成功，筆者好長一段時間自覺罪過。

人溺己溺——何必區分敵我他

救濟窮人的通常不是最有錢的人，在報紙上看到中共開始運糧救濟北韓，已有二萬噸到達，內心感到一陣溫暖，筆者向來是反共的，平生第一次感覺共產黨並沒有那麼壞！好消息一直傳來，南韓以無息貸款方式提供北韓十萬噸糧分三年運送，還好，筆者的罪過感有那麼多人幫忙解套。六邊會談繼續談，什麼時候有結論已經不重要了。

二〇〇四年筆者退休前最後一次訪問韓國，老朋友們還是一樣熱情地歡迎，話題談到「糧食人道援助」上，韓國朋友告訴我：「『人道』是從中國學來的，是有人需要幫助的時候去幫助他，是東方文明。美國人是在別人有困難的時候乘機勒索，是西方文明。美韓有協防條約，南韓有美國駐軍，白米還是照樣越過三八度線，運到北韓。台灣是有自主權的國家，副總統指示的援外計畫不算數，台灣的外交誰作主？」筆者向以專家身分訪韓，每次提供諮詢都能獲得滿意掌聲，第一次碰到無法回答的問題。

二〇〇三年開始，已有海地、賴比瑞亞、坦尚尼亞、孟加拉、薩爾瓦多、約旦、馬紹爾群島、吐瓦魯、史瓦濟蘭、馬拉威、賴索托、衣索匹亞、印尼、南非、蒙古、祕魯、印度等國接受援助。民間團體如慈濟、台灣路竹會、扶輪社、自由民主聯盟、世界展望會等都盡心盡力，將台灣愛心廣灑世界各角落。每年減輕存糧壓力六、七萬噸，以農民團體的立場樂觀其成。但是每年十四萬七千噸的進口壓力，仍然是惡夢連連，有待民間與政府合作設法疏解。

筆者雖然贊同有形的援外計畫，同時也建議政府另訂「人道援內計畫」，台灣雖然富裕，但是財富分配不均，因窮困而自殺案件平均每天十人，特別是山區與離島的高齡者，亟需大家伸出援手，受我援助的國家中，其政府不乏惡名昭彰者，與我關係亦反覆無常，莫如安排部分糧食「助我同胞」，農會組織擅於偏遠服務，這個任務交給農會承擔，配合其他業務或政府施政，必能得心應手。

農金週歲有感

二〇〇二年七月十六日在財政部召開跨部會「基層金融改革小組」第七次會議，財政部次長張秀蓮與農委會副主委黃欽榮爲共同主持人，筆者爲農漁會界唯一代表，就如熊貓審查小組會議一樣，層峰早有定論，開會只是完成民主合議程序而已。此次會議歸納結論爲：「農漁會信用部淨值爲負數者，由其他金融機構立即接管；逾放超過二〇%者立即限制業務，其他部分在三年內運用政策工具，轉型完畢。」

力挽狂瀾的無奈——信用部難保

雖然筆者運用管道爭取與會之農經學者支持，會中劉清榕、吳榮杰、蕭清仁等教授均發言肯定農漁會多年來對全國農漁業之貢獻，其信用部應有繼續運作之必要，可惜各項發言與層峰原定志趣不符者均不列入，筆者再三掙扎、奮鬥，徒勞無功，最後要求「信用部續效良好者，政府輔導其繼續經營」等字句，仍未被接受，筆者不得已請共同主持人黃副主委站在農業主管立場講句公道話，黃副主委看筆者年紀一大把幾乎精神崩潰，遂以同情的語調建議張次長：「林理事長有面對全國農漁會的壓力，他的建議不列入結論，可否在備註欄提一下？」張次長回答「嗯」，筆者以爲主持人表示「同意」，此次會議在無可奈何之中結束。

一星期後會議結論呈報行政院，副知各委員並附紀錄厚達一英吋，翻遍每一頁，就是找不到以備註紀錄筆者要求的字句，看來財政部要農漁會信用部退場的決心已非常堅定，信用業務結束之後，農漁會的末日即將來臨，筆者焦急滿分，一定要告知全國各總幹事在行政院發布之前急商對策。爲了避免洩漏行政機密之嫌，以致監察院郭石吉監委報告函方式提出（郭監委曾任士林區農會信用部主任，關心農會前途主動成立調查小組，追查基層金融改革方案是否有違法侵權情事，多次咨詢會議要求筆者隨時提供資料），影本由農訓協會陳秘書長副署並分送各農漁會總幹事，雖有部分總幹事來電關心，但大部分總幹事仍未覺察事態嚴重。

死期不遠的驚醒——上街頭怒吼

一星期之後，財政部開始行文各農漁會限制業務，並在一夕之間接管三十六家信用部，當電視轉播農會女職員堅守崗位，被情治人員拖出門外，一路哀嚎的場景，農會人才驚醒「再不自救，死期不遠了」。

自救會白會長說：「要我動員一百人都有困難，能發動十二萬人上街頭，是多年來受政府的逼迫刺激，突然形成的農漁民大團結。」大遊行之後，政府承認失策，原先「不改革是儒夫，失去政權也要徹底執行」那句話收回，全部接受農漁民的訴求，財農兩內閣下台。爲了修改「基層金融改革」第七次會議的結論，特別召開第八次會議，原來失策的結論全部翻案，重作結論的每一段文字，張次長都會分別徵詢：「林理事長這樣可以嗎？」當天我用原來講話的同一張嘴講出十二萬人的聲音。

在此之前，民進黨召開「基層金融改革政策研討會」，筆者以政黨「等距離」的原則，應邀參加，雖然各有發言，但是黨政同調，仍以「轉型完畢」爲結論；筆者提醒主持人「農會經營信用業務是依據農會法第四條第十一款明定，法有所據，怎可隨便廢除？」主持人林濁水立委非常有禮貌地回答：「謝謝林理事長提醒，我們馬上進行修法，把農會法的那一款刪掉。」也眞感謝林立委的指點，讓筆者瞭解修法容易，廢法難，立委連署即可提案，過半數就可以修法。如何保障信用業務永續經營「農業金融應該單獨立法」在腦中浮現，與農訓協會博碩士群研商之後獲得共識，由陳秘書長主持，收集德日有關農金法資料，召開國際級研討會，初訂草案，並蒙 李前總統大力鼓吹，勢如破竹。終於在二〇〇三年七月完成農業金融法立法大業。

農業金庫的誕生——保命的手段

農金法的基本精神是要保障農漁會信用部健全地永續經營，爲了信用業務更上軌道，成立全國上一層機構——全國農業金庫。希望農業金融有關人員要清楚記住，信用部是目的，農業金庫是爲達到「目的」的手段，一切決策都不能偏離「有利信用業務」的原則。

農金法頒布實施之後，農業金庫出乎意料的順利組成，開業將近週年，業務推動尙稱順利，但整體概況仍不出筆者原先所料，雖然五十一比四十九，但是大局掌控仍然在官方，所幸官方能以負責任的態度執行，財經專家等著看笑話，農漁會界擔心金庫將成爲「洗人中心」等悲觀的預測，幸未出現。

農業金庫展現功能的第一要務就是接受轉存款，開始時林董事長怕農漁會轉存不來，面子掛不住；兩個月以後進來七百億，丁總經理又怕消化不了；筆者兼任土地銀行董事，蔡董事長擔心農業金庫成立，將近三千億的農會轉存款一下子跑光影響資金調度，要求筆者協助，其實都是過度緊張，我說年底預定會達到一千五百億，金庫要有

心理準備，開業之後半年每天大約有五～十億湧入，表示農漁會對金庫有信心，算是好現象。農業三行繼續執行轉存活期要有一定比例期間，增加的部分會繼續轉入金庫，金庫無差別接受，對農漁會幫忙不小，預估要達三千五百億才會趨緩，如何穩定支付轉存利息的能力，正考驗金庫。

看來目前應付得不錯，但是壓力會不斷地增加。第二階段應有不同的安排，投資單位認爲金庫在放款方面幾乎尚未起步，筆者認爲不必太急，主管機關如有意協助，農業專案貸款、農保融資以及政策性貸款可以著手爭取。

農業金庫的能耐——資訊的整合

農金法所訂農業金庫對各信用部眞正重要的任務，是在輔導、查核與評鑑，比較先進或業務量較大農漁會，較少感受到這一方面的助益，金庫已在中、南部普設輔導辦公室，弱小農漁會較易實際受惠，各項班會也分別舉行，對提升員工競爭力已有實際效果。當然最近景氣平穩，農漁會負責人處事也較謹愼，農漁會問題或問題農漁會不再出現，就是明顯的成果。

至於資訊系統的問題，經營團隊認爲難以舒展，已經到影響業務開展的地步，金庫已趨穩定自應安排自有系統，全體董監事也有共識，是否以自用爲原則，信用部連線採自由選擇。事實上全台各區共用中心已運作多年，階段性貢獻有目共睹，金庫動作各中心均有疑慮，雖然不易整合，但仍可透過溝通消除疑慮。目前農業金庫與農漁會已建立良好關係，切勿因資訊系統的各自規畫而漸行漸遠。

農業金庫經營團隊要多多體會農漁會固有文化，農漁會人也要抱持幾分容忍，金庫與農漁會連結是否成功，是證明農漁會人有多大能耐的機會。

如何充實「農業金融二級制體系」的合作空間

二〇〇二年一一二三農民運動之前，受到整體景氣衰落的影響，部分農會信用業務出了問題。因爲政府處置不當，加上媒體對於問題農會的大幅渲染，造成社會大眾對農會產生不良印象。少數總幹事經營金融業務不夠謹愼，出乎意料的疏失，讓財經主管部門認爲農會信用部不專業，是金融業界的惡瘤。

就事論事——農會信用部存在的必然

其實，農會在農金法頒布之前，經營信用業務已數十年，特別是在民國六十四年以前，更是於法無據。台灣光復以後農村依賴的正軌（但不合法）金融活動，就只有農會信用部，筆者踏進農會服務時，全台所有農會存款總額不滿五億元，筆者退休時已高達一兆六千億。

當然幣值變化也有關係，但是四十年間業務發展三千倍，恐怕是全台灣所有公民營企業所不能及。長久以來農民與一般百姓對農會的信賴，農會人應該更具自信與自重，政府部門在制定有關決策時，也應時時留意此一事實。

依理，凡事須先立法，然後依法辦事。但是農會經營信用業務，無法已久，初期由省政府依據既成事實，頒訂行政命令，略加規範，這種殖民統治的方式（日據時代台灣不適用日本法律，而是以總督令管轄。）竟也維持三十年，對農會或農民的忽視可見一斑。後經立法委員蔡友土多年力爭，謝深山、蘇火燈、蕭瑞徵、黃澤青等支持配合，始有農漁會法之立法。

依法論法——農金庫與信用部的主從

至於農金法亦有類似之時空背景，農金法之主要目的為保障農漁會信用業務健全永續經營，所以重要條文須配合農漁會體制及信用業務經營之「既成事實」。農金法第二條原先版本為「所稱農業金融機構，包括全國農業金庫及農漁會信用部。」筆者堅持物有本末，事有始終，農漁會信用部應置於全國農業金庫之前，雖僅為排列先後，仍經一番奮鬥，始能成功。其中含意為先有信用部然後立法，立法後據以組織全國農業金庫，其主從地位甚明。筆者一再強調，為了信用部業務發展才成立農業金庫（農金法第四條），所以農業金庫一切作為必須保持「有利信用部業務發展」原則。

國民黨執政時期，財政部曾有農漁會信用部郵儲化構想，筆者大力反對。居高位者不知民間疾苦，農民需要資金融通，件數不少金額不多，因受農作物收成期所限，周轉較慢，若無農會，特別是偏遠地區，農民將走投無路。金融業者均以存放利差作爲主要收入，不辦放款，保險、推廣經費何來？

原先設計合作金庫具有基層金融（包括信用合作社）總行功能，且爲農業專業行庫，但多年來逐漸背離農漁業，視其歷史背景應與早期李連春先生擔任理事主席有關。李先生基於一貫踐踏農民之習性，不斷壓迫農會，自民國四十五年起，利用農會信用部場所，假借聯絡處、代理處名義，蠶食金融區塊，隨時利用機會普設支庫，與農會爭奪地方性金融。在省政府縱容之下，應有之農業融資比例，一再下降，農業行庫功能漸失。農漁會以密集人力收集小額短期存款，以定期轉存母行（合作金庫爲農漁會投資行庫）賺取小額利差，本爲基層金融特色，合作金庫竟然要求一定比例活期或短期存款始願接受，政府限制農漁會放款額度，又允許農業行庫拒收轉存項目，如此趕盡殺絕，全世界絕無僅有。合作金庫唯利是圖，壯大自己後（併吞農民銀行）始將底牌「商業」亮出，合庫輔導基層金融爲何如此不力？世人才恍然大悟。

互利共榮——看資訊共同利用的整合

農業金庫成立之後當然不能再重蹈覆轍，爲了有利信用部，也必須兼顧農業金庫能健全生存。銀行業向以存放利差作爲主要營利來源，目前各銀行存放比約在八〇％，農漁會存放比平均不及四〇％，在金融業來講，如此存放比不具生存能力，但筆者並不鼓勵農漁會太過致力推展放款業務，因爲基層金融功能特色就是儲蓄大於融資。目前農業景氣尙不適合大規模投資，尙且基於經驗，太過大額放款似不宜承作。農漁會收集小額短期存款，化零爲整，轉存上級行庫仍佔重要比重，因有農業金庫無限量接受一年期轉存，已可解決農漁會的困境，但考量農業金庫的消化能力，仍以漸進爲宜，各農漁會仍應與合庫土銀保持友好關係，總幹事們當知量「利」而行。

丁總經理偉豪代理董事長期間，鼓勵台北縣農會引導基層農會，配合農業金庫辦理台北縣政府聯貸案五十六億，順利成功。農業金庫爲主辦行，僅佔二億，收取放款利益機會讓給各農會，農會士氣大振，金庫誠意自然顯現。縣農會陳理事長文錄爲現任議員，據說已爭取到第二批五十億，合作互利大有可爲，已建立操作模式，可供中南部各縣比照進行。但是存保公司認爲大額聯貸會提昇風險比，債務人爲政府，不宜視政府爲風險對象，此事尚賴農金局化解。

依據農金法，農業金庫業務項目第一～三款均未啓動，黃董事長李越到任以後，以多年專業歷練當可順利展開，考慮比照聯貸方式，各農漁會亦必樂於配合。也唯有如此才能確保長期穩定支付轉存利息能力。

未來重要的合作項目當推「資訊共同利用」，因爲此一項目爲農業金庫應盡任務，目前金庫業務發展所需，有儘早建置帳務核心系統之急迫性，此爲包括農漁會所推董監事在內的共識。但因全台現有五家共用中心，設置有年，運作順暢，不宜隨意整併。四月二十七日已有協商結論：金庫以最佳成本效益先行建置帳務系統，各中心繼續運作，以聯繫會報方式逐步溝通邁向整合。其間雖有不同見解，勉強可以接受，今後有賴各方互相體諒，基本原則當然不能偏離「互利」目標。

物種引進是「福」是「禍」？

二次世界大戰時，台灣青年吳振輝先生與郭啓彰先生隨日軍到南洋，一九四五年大戰結束，帶回未定名淡水魚繁殖。該魚種生長快速、肉質不差、適應力強，政府決定大力推廣。因吳先生具有京都大學農學部學歷，聘爲農業改良場技正，並以吳、郭兩姓定名爲「吳郭魚」。一九五二年，筆者參加四健會，曾以飼養吳郭魚爲實驗作業，就如何禦寒過冬，提出實驗報告，作爲後來養殖改良參考數據。後經一大群人的認眞投入，慢慢發展爲大型福壽魚，提供平常百姓便宜易得的蛋白質食品，再經育種改良成爲「尼羅魚」，最近更發展爲「台灣鯛」的高價出口產業。但是回頭看西台灣大部分田溝水渠已成小吳郭魚的天下，原生台灣淡水小型魚蝦，幾近滅絕，不禁令筆者懷疑，十五歲時洋洋得意的實驗作業，是否成了小幫兇……。

農民的夢魘——福壽螺的遺害

一九八〇年代有人從南美洲帶回粉紅珊瑚狀的螺卵，計畫大量繁殖。據說肉質甜美，可外銷歐美作爲法式料理食材。原本預期飼養者可日進斗金，遂定名爲「金寶螺」。記得當時板橋市農會陳水金秘書，因身兼推廣股長，還在辦公廳置養飼箱一座作示範，以便將來大力推廣。因該螺生命力強，繁殖快速，可惜肉質不佳，試養者隨即棄養。一年後該螺爬滿溝渠水田，一般農藥無法消滅，又另取名「福壽螺」，可見其生命力。由於福壽螺喜吃稻苗，此後二十餘年危害慘烈，全台爲防治福壽螺花費想必已超過百億，而農民爲了消滅福壽螺在施藥過程中所間接受到的慢性毒害，更是嚴重。

老人家若不常常提起，年輕人還會繼續犯錯，其實這種戲碼在日據時代已演過。一九三〇年代，法國殖民非洲，發現非洲大蝸牛風味絕佳，遂發展爲法式名菜。日本政府認爲有利可圖，由下條九馬一氏引進台灣試養（日本本土沒有）。每顆蝸牛日幣一元（當時中等公務員月薪才三十元），要提出申請才能獲得分配，至少要養兩顆（非洲大蝸牛雖然雌雄同體，但不能自身受孕，要有對象交配才能繁殖）。因爲繁殖力超強，試養者無力負擔，又無人收購，棄養之後三年內全台旱田無一倖免。

其實大蝸牛後來也有貢獻，一九四〇年之後戰況吃緊，島內食物被強行搜刮，支援前線，百姓在半飢餓中撿食蝸牛果腹，風味營養都還不錯。一九七〇年之後，筆者有機會在台東山區爲原住民服務，發現原住民不勞可獲的就是採油桐子與撿拾大蝸牛，因爲有平地人來收購，便成重要生財機會，原住民平時的蝸牛火鍋配米酒也是一大享受。蝸牛運到屏東就值錢了，處理之後外銷法國，也可以在大橋下炒九層塔（筆者試過眞的不錯——注意要炒熟，以避免廣東住血線蟲感染）。一九九五年，筆者追蹤到塞納河左岸，在大水晶燈下看法國人如何對待來自台灣的蝸牛。我們領導人如果一再地太勇敢，恐怕還有回頭尋找非洲大蝸牛的機會，是福是禍未能定奪。

美麗的背後——生態付出代價

其實比較成功的要算是台灣鳳梨。二十世紀初，熱帶與亞熱帶生產鳳梨的地區不少，但都是半野生或野生種，品質具有經濟價值的首推夏威夷與台灣，兩地各有優良品種。聰明的台灣人從夏威夷偷帶鳳梨葉回台灣，一片葉子可以剪成上百小片，插在淋有培養液的沙箱上就可繁殖成上百株鳳梨苗。經過不斷的交配育種之後，成功地開發出不少優良新品種。雖然目前栽培的人力成本太高，連台鳳罐頭都是「Made in Thailand」，但是風味還是台灣的最好，如想品嚐全世界品質最好的生鮮鳳梨，生在台灣眞正有福了。

無意中進來而後患無窮的如松材線蟲、東方果實蠅、小花蔓澤蘭等更是令人頭痛。松材線蟲的危害，全島松林幾乎完全遭波及，經濟損失、園藝上的景觀損失，甚至環境保護，與自然生態等已無法用幾個百億來計算。台灣要想再看到美麗的黑松景觀，要再等一百年。

筆者曾到日本青森縣，在店家門口看到一株長了幾百顆大蘋果的蘋果樹。台灣遊客還以爲是假的，怎麼可能有長這樣漂亮的果樹。其實筆者年輕時台灣的果樹一樣漂亮，曾幾何時因東方果實蠅造的孽，栽培水果想賣錢，一定要套袋，所以台灣果園看起來就像堆滿垃圾。鄉間這樣醜陋的景觀，在筆者有生之年恐怕無法避免了。（親愛的台灣同胞出國回來，還想偷帶幾顆水果嗎？）

一九九二年筆者從內華達州到加州，在州際公路上，看到沿路山坡灌木林約有四分之一披上一層黃綠色的蔓生植物，它的惡性蔓延，造成景觀上的恐怖感眞令人難忘。因爲面積實在太廣，美國政府也束手無策。幾年後發現台灣也有，它叫小花蔓澤蘭，台灣原有蔓澤蘭是自然生態的一種，並不具侵略性，小花蔓澤蘭是外來種，不知如何入侵台灣。它生長快速，攀爬林木後全面覆蓋，樹木得不到陽光與空氣，窒息而亡，其纏勒的姿態，令人產生靈異的恐怖想像。目前除了人工割蔓以外，還找不到有效的防除方法，以「天生我材必有用」的觀念，是否移植到蒙古，用以控制沙塵暴，或是哪位中醫師能證明它有壯陽效果，否則林務局永遠忙不完。

以上提到的物種案例是具體可見的，一般民衆比較容易瞭解。在動植物分類學上以演化進程區分，屬中等以上物種，當然還有很多案例因篇幅所限未能詳列。其實問題更大的是超低等與超高等物種，它具體存在，但看不見，危害發生時無力可擋。

「SARS」期間發生國防部防疫單位實驗室內感染，醫學單位爲早期取得防疫科技，大部分實驗用微生物，都不是境內物種。當然實驗過程中都有嚴密防護措施，但以國防部案例來看，發生漏失的是超高級研究員，那一般的研究生管制環境如何？

筆者求學期間所修遺傳學與育種學僅到染色體階段（DNA是後來才發展的生科技術），早期屬於自然育種，是以物理或化學方法製造外在環境用以誘發突變種，在諸多突變種中擇優培養爲新品種。另外的方法是採雜交，以雜交優勢原理在F1或F2代中擇優留存，再以無性生殖方式繁殖後代。

物種的奧妙——科技難解的題

不知是演化過程的結果，還是造物主的巧思，不論是整個生態或單一生命體的組合，都有它的周延性與平衡性，採用自然法則所培育的生命體，它有自我修整以達到周延性與平衡性的本能，所以是可放心的方式。新的DNA科技以人工解開基因鏈，重新組合，以達到科學家特殊要求的功能，它在單一方面的表現，非常有效，但無人能保證它的周延性與平衡性。

在基因工程產物優異的表象背後，隱藏多少缺陷，它可以引發輕微的不適，也可以引發一場浩劫，很多國家拒絕進口基因改造農產品，我們則還在一知半解中。基因改造當然可以形成新物種，是一種背後藏劍的物種，你怕了吧！

超高等物種「境外新娘」就是其中一例，以科學邏輯來講，是屬於本文題目的範圍，但牽扯到文化社會、心理精神層面，尚且非常敏感，筆者瞭解不多，不敢論述。

一般的物種引進，大都由農業目的開始，發生問題時就影響生態環境，科技太發達，它的漏失或錯誤更可能威脅人類的生存。題目太大講不完，就請大家一起來關心吧！

與　陳總統談「台灣農業」

二〇〇三年七月三十日，筆者應邀到總統府做客，下午三時單獨晉見總統。因當年累積各方面反應，有太多農民對政府農業措施深表不滿，總統希望與農業界民間領袖交換意見，加強溝通。總統要求筆者首先就政府對農業施政應有的基本概念提供看法。

筆者報告：台灣農業以土地、氣候、水利、種源、生產技術、生產勞力、倉儲運銷等方面來講都沒有太大問題，問題在於農民生活。農民生活的困頓並非農民不求長進，而是政府的施政沒有給農民合理的生存空間，所以「台灣農業」不是經濟問題，政府應以社會問題看待，此一看法獲得總統共識。

看問題——公務門資訊有偏差

財經界的專家們經常以台灣農業產值僅佔四%、三%甚至更低，認爲台灣農業不必重視。筆者根據日本資料，第一級產業（農、漁、礦）佔五%；第二級產業（加工製造生產）佔二十五%；其他是第三級服務業，愈先進的國家服務業佔的比例愈高。但是農業爲百業之基，沒有第一級產業，哪來二、三級產業，農民爲萬民之母，農民務農是一種修行（摘自《無米樂》紀錄片的對白），再高的官位都不可以歧視農民。

二〇〇一年開始，農保給付條件逐步放鬆，又有老農年金等福利，似乎農保人數有增加趨勢。二〇〇三年起政府突然規定申請加入農保須有一年觀察期，一年之內有一定金額農業收入之證據，始可正式投保。等於說：農民種菜，挑到街上賣，買菜的人要開收據給農民，才能取得「農業收入之證據」，天下哪有這檔荒唐事？筆者向總統報告：「勞保法令規定，勞工到職當天就必須加入勞保，未辦勞保即處罰雇主，用意無非是要保障勞工權益，立意至善，爲何農民參加農保還要觀察一年，豈不欺農太甚？」總統微笑回答：「林理事長你有所不知，目前全台農會會員約有一百萬人，參加農保有一百七十五萬人，超過的七十五萬很明顯就是假農民嘛！最近還陸續增加，政府財源有限，不是眞正農民來搶食農民福利，政府設法防止，也是應該的。」筆者立即感覺農政單位提供給總統的訊息有所偏差。

筆者報告：「總統恐怕也有所不知，農會法規定參加農會每戶限一人，一戶農家豈止一人耕作？農保人數超過農會會員數是必然的。

尤其近年來景氣下滑，失業率升高，農村可以發揮海綿功能，景氣好時可以勻出人力支援工商業，景氣差時吸收多餘人力，從事農業生產，減輕失業壓力，有助社會安定。最近增加農保人數是失業人口回流農村所致，政府應順勢利導，豈可再加限制？」總統隨即回頭向協助接待的農委會李主委求證，李主委表示筆者所言「正是」。（晉見總統之後一星期依筆者建議，總統口頭宣布，申請加入農保者，其戶長或同戶內已有農會會員或新購農地在戶籍所在地或鄰近鄉鎮者無須觀察期，立即生效。）

想出路——農會無力老農傷心

參加WTO之後，政府承諾每年進口白米十四萬七千公噸，白米已經進來，糧價應聲下挫，筆者建議應有對策，以免犧牲農民。總統說明：「進口白米絕不釋出市面，不會影響糧價，即使十四萬七千公噸有損失，也由政府承擔不讓農民受損。」筆者表示，進口白米已進倉，雖未釋出，但因心理因素，糧商進價已壓低，農民實際已受害。

進口白米是爲加入WTO對工商外貿有利所作承諾，既然政府可以爲工商業承擔損失，對農民也應該有所保障。筆者建議在保價收購之外（保價收購有數量限制），依農民生產成本訂出無限量平價收購，估計政府最大負擔應不超過十四萬七千公噸。總統答應筆者意見留供參考。（半年之後由行政院游院長宣布「九五計畫」，所有農產品滯銷時依生產成本百分之九十五價格無限量收購，詳細實施細則未見制訂，游院長下台之後已無人再提起，筆者預料要等到二〇〇七年才有機會重新討論。）

糧食作物已無利可圖，果菜價格又暴起暴落，台灣農民勤奮有餘，資訊不足，果菜產量除了天候影響之外，常因搶種與惜售造成價格不穩。某種果菜有一年高價，第二年農民勢必搶種而血本無歸。農會只能照顧自己地方事，全台計畫性輔導無能爲力，就必須由政府負責。糧食作物豐收是指增產一、兩成，水果豐收是增加一、兩倍，若非有長期規畫，盛產時臨時抱佛腳都解決不了。筆者建議要事先訂好計畫，建立運作機制，最好是外銷，可以立即減輕島內市場壓力；其次是計畫性收購加工；再其次是購儲冷藏；最後沒有辦法，只好低級品就地銷毀。總統表示瞭解筆者的看法。（此後三年未見開拓外銷市場，大都採用最後辦法，就地耕除。政府花錢補貼，雖然可以解除一時壓力，但是就地耕除，造成老農的心理傷害，無法彌補。）

有法度——盼農政單位肯用心

農民從事農業生產是要求自身溫飽與一家生計，狹義來講是個人職業，但是農產供應直接影響民生有無與社會安定，廣義來講卻是全民共業。風調雨順，全民共享其福，一有風險，卻由農民獨自負擔，確有不平之所在。農業生產過程中有兩種風險，一是狂風暴雨天然災害，輕則血本無歸，重則田園流失。另一災害是屬於人爲，記得有一年報紙報導台南地區香瓜、哈密瓜歷年來品質最佳，即將大豐收，瓜農正在期待難得一見的好年冬，突然媒體又報導香瓜殘留農藥過量，大家熱心討論，炒得如火如荼，瓜價應聲倒地。

雖然事後媒體澄清農藥過量只是個案，但已無力可回天，農民哭訴無門，筆者向台南市農會總幹事楊振宗先生問起此事，他直搖頭說：「無法度！」從這些事實看來，農民的確是弱勢，為維持社會公義，這個時候就需要政府站出來，只要農政單位肯用心，農業生產全民有福共享，有難同擔，相信終有一天「有法度」。

最後與總統談起農民生活問題，目前農村每一戶的戶口名簿都是子孫滿堂，實際上苦守古厝只有兩老，田園荒蕪，眼花齒搖。記得當年糧食局以肥料換穀、糧食貸放等手段不當得利，受壓榨的就是現在五、六十歲以上的老農。不管哪一個政黨執政，責任一樣要承擔，不能說沒有預算，把過去不當得利吐出，就足夠照顧老農。推動家庭計畫時，兩個恰恰好、一個不算少，衛生所做不來，還是靠農會家政班指導員收拾，只要政府編妥計畫交給農會執行，絕對可以做好「老農照護」。

總統表示方向正確，題目不小，要慢慢來。筆者自信老農不死，只是凋零，慢慢等，但願人人長命百歲。

「民主」與「民知」

民知不足——理想夭折

前立法委員蔡友土先生對於農產運銷之專業認知確有過人之處，一九六三年時蔡先生任板橋鎮農會理事長，個人籌資在板橋江子翠設立大規模農產品低溫處理場，以常年在國外考察所獲經驗，引進先進國家的設備與技術，準備有一番作爲。惜因下游消費管道無法打開，終告失敗。目前各超市或大賣場對食品皆以低溫處理爲保鮮必備條件，爲何當年不可行，乃因時代潮流未至，民知不足。再三思考，獲得的結論是：理想不可以來得太早。

前立法委員黃煌雄先生在競選演說時強調：「國民政府退居台灣，以一彈丸之地，實施大中國憲法，有如小朋友穿大人西裝，很不合身，應該修改。」筆者深有同感。蔣經國先生執政後，以維持法統不變原則，做技術性調整，漸次切合實際。李登輝先生接任，連續不斷做較大幅度修憲，其間有前後矛盾者，亦有偏離民主國家立憲原則者，最嚴重的是三民主義原有精神已支離破碎。

筆者有幸參與最後一役，以任務型國大代表身分演了一場猴戲，讓立法院自宮，國民大會自盡。表面上看，將來國家大事均付諸全民公決，為民主一大躍進，實則恐將導致各大小政黨不求政績以蠱惑百姓為能事，政爭不息，永無寧日。所有不幸均因理想來得太早。

民主政治——高明騙術

一九九六年，台灣總統選舉改為全民投票，舉國歡騰。李登輝先生當選後，被稱爲亞洲民主先生，在沾沾自喜之餘，不知已爲台灣政治埋下禍根。前立法委員朱高正先生說：「政治是高明的騙術。」雖然被罵，但他講了實話。從此而後正人君子退到一邊，「王祿仔」當道，誰的騙術高明，誰就能掌握到大多數「民愚」。

孫文先生在英國苦修各國憲法，參照我國文化背景與幅員特性，草擬出三民主義、五權憲法，五院再加一個國民大會。當時除了考慮引用各國立憲參衆兩院功能之外，最重要的是四億五千萬人口，民知不足，國家領導人不宜實行人民直選。孫文先生深知民知成長需一定進程，五千年帝制影響，共和之後，民主教養非百年不爲功。李登輝先生致力推動總統直接民選，就如蔡友土先生的低溫處理場，明知是將來必走的路線，只是早了二十年。

執政者制訂政策，經常忽略配合人口素質演化時程。二十餘年前，政府認為實施九年國民義務教育已十餘年，為提升農會理監事素質，修法規定登記為理監事候選人應具國中畢業以上學歷條件。全台各農會理監事名額約五千餘人，具有國中學歷者，一時間湊不足千人，改選無法進行。主其事者與立法者常常只知理想而不查察現實，法律規定農會會員每戶一人，大多由阿公、阿伯或阿爸為會員，老先生與九年國教何干？雖然政府臨時以行政命令解釋：曾擔任理監事一任、會員代表、正副小組長一任也可以，作為補救。結果不但回歸老人執事，也落得命令抵觸法律是否有效的爭議。

問題更嚴重的是師資培育。目前全台有流浪教師五萬人，受過正規教育，取得教師資格，苦無機會任教。以小班三十人換算，尚缺學童一百五十萬人，因為推動「兩個恰恰好，一個也不少」，與三十年前比較，適齡學生數剛好減少一百五十萬。人口結構的變化是可以預期的，人力資源培養竟然沒有對應計畫，這樣的政府太沒有責任了。

人口素質的成長趕不上時代潮流，已是不幸的事實，政治人物利用百姓素質的不足戲弄百姓，更令人痛心。

民知漸長——行事小心

某日經過台北市北平東路，發現縣農會大樓走廊排了數百公尺人龍，看來不像是來向民進黨抗議的群衆。後來聽說是補習班報名學生的家長，補習班是縣農會的房客，縣農會理應提供空間服務，心裡想莫非筆者退休之後縣農會的服務精神也退化了。次日打電話問兼管大樓的超市主任，主任很委屈地說明：「縣農會願意免費提供茶水，提供一樓做爲家長休息處，都遭補習班謝絕。補習班老師說這是他們規畫好的『設計』，以便造成人氣。擁擠之中最好略有狀況，以便媒體報導。」原來這是生意人的手法。

筆者故鄉在宜蘭，經常來往北宜公路，心想國道五號已通到坪林，方便了大半，不久竟然以環保為由，對坪林交流道嚴加管制。各方紛紛擾擾爭論不休，郝署長更以去留來堅持。筆者認為出任署長已不太聰明，十分鐘可通過的交流道加以管制，要老百姓多走二十公里的九號省道（集水區），認為比較環保，除非沒有到過現場，要不然就是頭腦不清楚了。北宜兩縣百姓被戲弄得烏煙瘴氣之後，終於有宜蘭名人陳定南先生出面，看來好像眞理越辯越明，從此之後宜蘭縣民可不限人數通過坪林交流道，只要象徵性不進坪林商區就行。陳先生識見及時顯現，備受稱讚。未久陳先生登記競選宜蘭縣長，北宜兩地居民恍然大悟，這一切都在規畫設計之中，原來是跟補習班報名同樣的手法。投票結果發現民知已有成長，人民素質正在提升之中，令人欣慰。雪山隧道何時通車本已無人在意，偏偏選在週五下午開通，以便造成週六週日大爆滿。奉勸掌權諸公，要便民不要太在乎人氣。

尤清先生當縣長，縣府建有六層樓停車場，一至四樓爲縣府官員車位，洽公百姓停五、六樓。洽公每一車位一天可輪流停放十次以上，官員每天上下一次，佔低樓可省迴繞車道十圈，卻讓百姓多繞了一百圈，這樣的便民方式造成一個六十萬票的縣長卸任改選立委拿不到一萬票。

台灣「民知」已漸成長，奉勸台灣之子們爲民服務要開始調整口舌與手腳。

「風」與「氣」

我告訴你有「風」，眞的有風，你要我拿給你看，我辦不到。我告訴你有「氣」，也眞的有氣，你要我拿給你看，也一樣辦不到。但是它的確存在，而且非常重要。氣聚匯流而成風，領導人的氣，可以帶動追隨者而形成風潮。風可以令人清爽，也可能帶來災難。在大氣與小氣，正氣與邪氣之間，還存在有太多異數之氣，所以在同一地點，可能同時吹來東南西北風。筆者年歲漸增，在這混亂的風潮裡，不禁望著風向儀感嘆！

氣勢逼人——持劍對望已判輸贏！

某日在中正紀念堂，偶然看到一句活動標題：「許多不同可被容許就是大同」，駐足許久……。這不是孫文先生說的，也不是蔣介石先生說的，不管是誰說的，我感謝他這樣一句話，讓筆者鬱悶的心情寬鬆許多。

筆者堂哥水銀兄，年輕時遠赴上海，因爲是單身，公餘之暇常在辦公大樓的會客室練毛筆，多次練字，總有一位穿白長袍的年輕人駐足旁觀，日子久了開始交談，得知年輕人姓藍，福建漳州人，立即改講閩南語，備感親切。水銀兄隨口說：「藍兄旁觀多時，可有指教？」藍先生回話：「藝尙可，氣不足。」水銀兄頓時臉紅耳赤，自認書法曾得台灣總督獎，竟然有人出此奇言，「莫非藍兄也是行家？」英雄相見恨晚，遂約期比畫。藍先生鄭重其事，請來三位長者作評，兩軸宣紙在長桌攤開，藍先生建議爲讓氣氛輕鬆，同寫唐人張繼七絕：「月落烏啼霜滿天……」水銀兄寫到寒山寺大嘆一聲，擱筆認輸。長者作評：「台灣人自唐山遠渡，少有世家，雖聰敏勤奮，少年有成，但成長過程未及培養大家氣概，又因勤儉成風，練字均用舊報紙，當攤開宣紙，林先生面露懼色，已知高下。舊報紙落筆滑暢，但宣紙有拉力，尤其吸墨奇速，不常接觸宣紙，常有頭重腳輕，有頭無尾，半途而廢……。」水銀兄思及日本劍道家，持劍對望已判輸贏，此乃氣勢逼人，深覺勤藝不難養氣不易。

水銀兄自覺英雄不怕出身低，只嘆缺乏適當環境培養「氣勢」，大江南北奔波，不論文武場面，臨陣勢必手腳慌亂，引以爲憾。氣不是用「決心」、用「耐力」可以達到，養「氣」要靠修練，靠體驗，靠感覺。回台之後不求財富，不求職位，一心尋找養「氣」環境，因渭水先生已逝，改隨雨新先生左右，一時之選必有過人之處，多年之後終能開眼界增智慧，養正氣。

二〇〇三年夏，筆者主持農訓協會年會，總統大選在即，陳總統與連主席先後蒞會，因有高度政治敏感性，全國媒體幾乎包圍農訓協會，氣氛緊張，筆者以主席身分有一定的立場，並負有為全國農民發聲的使命，有些話不得不講，而用詞、語氣、順序都要拿捏恰當，全程兩小時，前後都在掌控之中。會後全台各地總幹事給予筆者鼓勵：「不卑不亢，氣貫全場。」回首來時路，平常聆受堂兄言教，習得十之一、二，雖泰山壓頂仍能穩住「氣」。早年始習「無欲」以求「則剛」以養「正氣」以達「品高」。雖然距離目標甚遠，總是值得與來者共勉。

好氣成風——養氣是要靠體驗！

某年夏天，筆者赴港轉機，因有輕度颱風來襲，風雨交加，起飛時不停搖晃，同機有旅行團歐巴桑一路尖叫，到達平流層時大叫：

「好天了！好天了！」歐巴桑有所不知，氣成風，風風雨雨是「人間事」，現在飛機已經到達「天上」，天上永遠是好天。高層領導人位居天上，舒適平穩，假如不探頭看下層人間事，以爲天天是「好天」，那就錯了。

立秋當天，筆者在淡水草舍，築台待月，傍晚時分仰望天際，青空染紅，風起雲湧，本來雲彩應該飄往同一方向，突然發現，高層往南，中層往西，低層往東，筆者早過「知天命」之年，直覺此一異象必有災變，次日中午氣象報告有罕見「三颱同台」。天上人間本同理，上、中、下風向相同，則風調雨順，國泰民安。上層說要往前看，盡看平流層的好天氣，中層個個自求「品自高」，下層則叫苦連天，暴風雨不來也難。

台灣眞是個好地方，不只英雄不怕出身低，因爲「唐山遠渡，少有世家」，所以鼓勵出身低者求上進蔚爲風氣。政治人物知所應用，常以父親是打零工，強調少時是三級貧戶，以博取選票，多數倒也應驗。只怕三級貧戶積習成性，一有機會見物心喜，見錢眼開，則萬民所託，付之流水，氣流成風，到處污穢。「習無欲」已不易，「成大氣」則更難。常演小丑有朝一日改演生角，小丑台詞仍然朗朗上口，那就眞的「氣不足」了。

氣是無形的，養氣要靠體驗，沒有登過一等三角點的人，永遠無法體會「君臨天下」的眞正意涵，頓悟與修練不斷循環或能得之一、二。未及修練突然登頂勢必造成頭重腳輕，有頭無尾，半途而廢。

風在哪裡——它必須借物現形！

「氣不足」，只是令人遺憾而已，倒也無大害，怕只怕常以投機爲營，取巧得利，久而久之，習成邪氣而不自覺，讓追隨者習爲風潮，邪氣聚，匯成流，必是歪風，則全台難求寧日。

筆者年少時隨友人入教堂聽教義，牧師說：「鬼，人人見而避之，鬼不可怕。魔成人形，令人走火，隨之起舞而不自覺，最易令人迷失，但願弟兄姊妹，常保清醒。」

風是看不見的，所以它必須借物現形，筆者無能成風，但可爲雲湧，讓看官得知風在哪裡。

唐人陸羽字鴻漸，湖北竟陵人，自號竟陵子，自幼好學，喜著作，不爲官，潛心研茶，著《茶經》一書，留傳後世。數百年來，茶界皆以《茶經》爲本，並尊陸羽爲「茶聖」，明人汪士賢對茶情有獨鍾，就《茶經》善校加注，更趨完整。論茶之源，應自三皇始，神農氏嚐百草，茶列本草入藥，因常飲有益健康，視爲開門七件事（依現代說法，茶由藥品轉爲農產品）。茶經共分十節，其中前八節：之源、之具、之造、之器、之煮、之飲、之事、之出等較重要，堪稱古代學術論文。但因年代久遠，且近代引用科技，《茶經》所述情事，已不切實際。

《茶經》內以茶類比人蔘，稱：上者生上黨、中者生百濟新羅、下者生高麗，韓人閱後諒必氣炸。就茶而論：其地上者生爛石，中者生礫壤，下者生黃土，且野者上、園者次，紫者上、綠者次，筍者上、芽者次，葉卷上、葉舒次。綜觀農委會每年拍賣每台斤百萬元以上者，亦諒必有黃土所出，園、綠、芽、舒勢不可免，按《茶經》而言皆非上品。

古今茶藝，兩岸解讀各有

筆者曾在文山農場登台擔任解說，聽衆中有高人提議就陸羽《茶經》論茶。其實將《茶經》當國寶、當古蹟均無不可，現代人再以《茶經》論茶已不合時宜。僅就茶之具、茶之器而言，其名稱常人難懂，費精神去研究亦無意義，因爲這些東西已不存在。過去吐舌以辨風向，觸鼎以測火候，這些老師傅的眞功夫被儀器所取代，製造過程已將數據列入程式，完全自動控制，陸羽《茶經》可奉爲茶文化精神準則，至於技術則應走向現代化，是否應該就現代科技重寫「現代茶經」？

國民政府遷台，中國大陸有很長一段時間因民不聊生，無人談茶。改革開放之後，開始有農業科學研究，並有茶學會出現，雖仍尊崇陸羽《茶經》之貢獻，但「因歷史條件之限制，以近代科學而言，其廣度和深度均有所不足」（似與筆者有同感）。上海文化出版社於一九八九年開始籌備出版全方位茶葉有關文獻，就茶史、茶性、茶類、茶技、茶飲、茶文化等廣邀專家五十餘人執筆，由陳宗懋先生任主編，大膽定名爲《中國茶經》，並由陳俊良先生以正體字（請文化界勿稱繁體字）另行編輯出版以供台、港及海外華人閱讀。其篇幅百倍於陸羽《茶經》，雖非精緻絕倫，但包羅萬象，連茶葉蛋製法都有專篇，其用心令人折服。筆者大略閱讀之後，深感「因地理條件與生活習性不同，與台灣茶文化仍有差異」。

二〇〇三年夏，筆者路過岳陽樓，後山有雅緻茶亭，入內後發現解說服務皆俊男美女，口才奇佳，介紹半天沒有一杯茶，全是草藥，疑難雜症均有藥效，售價貴如仙丹，竟然也有呆胞購買，江湖場面不便阻止，花錢事小但願服後無礙。近來流行雲南普洱「緊茶」一「餅」約一市斤叫價兩萬人民幣，有稱鴻運者當在十萬以上。買賣雙方均以藥效論價格，看來大陸上等人飲茶已回歸神農年代。

茗茶論藝，奇人軼事不少

台灣早年有吳振鐸、林復、張瑞成、阮逸明等先生，因業有專攻，被茶業界尊稱為祖師爺，彼等之好惡，形成台灣製茶之「風向」，也確立了台灣茶葉特色。陸續退休之後頗感後繼不及，政府有關單位或農業團體工作者，部分因侷限在某一角落從事研究與大衆少有接觸；另一部分因人事更動而接任，並無「茶知識」之背景；更可惜的是有不少具有品茶修養者，不具評茶能力，專家的聲音越來越小。

其實台灣致力於茶葉發展的企業與團體不少，譬如天仁、天福系統，雖然與筆者主張不同（筆者主張原味，天仁走向加味與多角衍伸），但其經營精神與成效令人刮目相看，至於個人奮鬥之案例，不勝枚舉。二〇〇一年春筆者在慈湖附近發現懸掛「若水雅集」之園地，入園後不出所料是飲茶雅座，在松樹下坐定，點一壺東方美人，要價六百元。因爲客人不多，主人陳森桂先生順便徵詢意見，問：「兩人一壺收費六百是否太貴？」「貴店用的是石碇椪風所以不貴。」一聽之下，知道筆者是好茶之客，立即請來夫人傅老師一起談茶，傅老師是茶藝師，原先筆者自己泡茶，言談間傅老師露兩手泡茶動作，其幽雅細緻令人難忘，筆者認爲機會難得，邀請傅老師到台北縣農會傳授茶藝，並安排同仁分批到「若水雅集」拜師。筆者表示：「台北縣農會開發文山農場，以淺近易學引人入門，增加飲茶人口爲主，爲大衆路線，尚須營收部門挹注經費，賢伉儷走的是頂尖精緻茶藝，曲高和寡，若非團體或企業支援很難持久。」二〇〇二年秋，再經慈湖已不見招牌，園地改爲咖啡雅座。三年後偶然機會，在宜蘭傳統藝術中心巧遇傅春宜老師，傅老師與陳先生主持茶藝文物館，並繼續接受特約傳授茶藝，令人欣慰。

品味生活，台灣茶經出世

二〇〇二年夏，明新技術學院舉辦「國際茶藝文化學術研討會」，邀請北海道、京都、天津、杭州、澳門、南韓等地茶界與會，當討論到全世界「最好的茶」時，各地代表均支吾其詞，不作肯定，明新學院休閒事業管理系范光棣主任頂著哲學博士的光環，很權威地表示「最好的茶是文山包種茶」，並願意接受辯論。有如此勇氣「評茶」者實在不多，范博士不辭其勞，致力茶文化推動，値得敬佩。研討會重點在各地代表的「茶道」、「茶禮」、「茶藝」、「茶文化」表演，雖然名稱各有不同，重點都是飲茶生活的藝術化，既是國際性集會，各隊都有國際級水準，台灣茶藝是由明新學院學生演出，因爲是學生，所以還有學習空間，國際觀摩眞能代表台灣的，……突然又想起傅老師。

台灣茶界走學院路線或走鄉土路線，都有茶中「達人」，筆者所知坪林鬍鬚王，文山包種優良茶比賽幾乎年年得第一，一個道地的茶農，講出他的經驗，就可以寫半本書。另外文山農場有個鬍鬚賴，是有證照的品茶師，他的品茶功力幾乎「任考不倒」，最難得的是他敢「評茶」，口才了得。一般人不見、不聞、不覺的東西，他可以一一點出讓人大悟。自己沒有念過大學，但是拜倒堂下的大學生一大堆。當然台灣各地茶界菁英不計其數，他們的經驗、智慧、領悟，整合起來必可訂出具有台灣特色的茶科學、茶文化標竿。

台灣茶界在荒漠中綠洲點點，各有巧妙不同，當然農政單位眞的重視，可編計畫列預算，各農業團體妥加配合，讓台灣各地域、各門派的茶知識，整合出提升生活品味與台灣精神的「台灣茶經」指日可待。

西風帶來什麼話

筆者退休之前與農訓協會出版處丁處長閒聊，丁博士表示：「七年多來聆聽理事長言談，常言人所不能言，令人訝異，耳目一新，將來退休之後恐將再無機會。」建議改以文筆敘述，以供全國農業界同仁共享。筆者認爲學者專家多有專著，若安排專欄，當以「老人講古」方式推出，遂訂爲「西風的話」。

通常專欄約稿爲一年，一年屆滿丁處長說：「應讀者要求再延一年。」轉眼兩年已屆，老人家有通病，一上台開口就不知收尾，掌聲是催您老人家下台，還誤以爲大受歡迎。筆者自知，尋找台階正是時候。

學校教育並不能給你眞正需要的知識，只是培養具有「再吸收新知識」的能力而已。

執筆之始有好友建議，以筆者服務農界多年專談農業問題，必有特色。也有認爲以筆者歷練，以人生哲學導引後進，更有意義。其實筆者心中本無物，是由丁處長建議而臨時起意執筆，仍以「老人講古」方式不限主題，隨興下筆以符閒雲野鶴之意境，兩年來尚能被讀者接受。因爲包羅萬象反而覺得五彩繽紛，每一期在翻頁之前就像海邊釣魚，任何魚色都有可能，讓人充滿想像與期待。

執筆專欄最大用意爲拋磚引玉，鼓勵農漁會界晚進，因爲筆者所受正規教育爲早年宜蘭高農，嚴格講還不能算是讀書人，但是學校教育並不能給你眞正需要的知識，只是培養具有「再吸收新知識」的能力而已，所以任何人都必須不斷地學習，特別是在自己的工作領域，不斷地用心，吸收新知識，終歸有一天也能達到專精的成果。

筆者經常閱讀文章，特別是不同角度的論說，經過思考以後，也發表個人的見解，當然有時是不同角度的看法，也因爲不同，而令人耳目一新。人生充滿機緣，筆者的事蹟、講稿、文章，經過韓國國立順天大學校收集評鑑，於二〇〇三年通過頒授榮譽農學博士學位（該校有史以來第一位外國人受頒）。既是榮譽，總覺得說說而已。筆者女兒是台大文學博士，她說：「老爸，請你看看六法全書學位授予法，取得博士學位有兩種管道，一種是苦讀研究所一考再考，最後論文評審通過得來，另一種是對國家社會有貢獻，對世界人類有影響，經過國家教育主管機關核可，頒予榮譽博士，國立大學尤其不易。」

套一句名人名語：聽完之後才發現自己這麼偉大，其實作爲標竿亦無妨，讓農漁會人奮鬥追求有目標，筆者能，讀者當然也能。

如何讓自己的一生「生動有趣」，筆者膽敢鼓勵後進，「生命要不斷學習才豐富」。

讀者曾提問，在各篇文章中發現筆者從少到老，每一階段都能聚焦，時空的延續間充滿智慧與美感。其實上蒼給人的基本條件是公平的，一樣的藍天，一樣的綠地，鄉野城廓，形形色色，重要的是你有沒有注意看、細心聽、用心想……。

有一年四健會員在文山農場辦活動，筆者應邀在閉幕前主持一段與年輕人對談的節目，筆者請問在參加兩天活動結束之前有何感想？

有少年朋友激動地表示：「第一次發現茶園這麼美，感覺森林充滿生命力，各種不同的蟲飛鳥叫，引起對大自然韻律的感動，即使僅僅烤肉後的一杯茶，都是生活品味的大發現。」但是也有同樣過了兩天的青年朋友只有一句話：「好無聊哦！」筆者認爲農場可以提供的是一樣的環境，就像廣播電台的訊號是平等放送，每一個人是不同的收音機，可以放出優美的音響，也可能充滿雜訊甚至斷音。每天在「無聊」中生活的人，不要埋怨，趕快修好收音機，提升自己的「收」「放」能力，以免辜負上蒼給你的恩惠。

一九八八年夏，筆者時任台北縣家畜市場主任，爲獎勵員工終年辛勞，分梯舉辦澎湖自強活動，首梯由筆者帶領，東方魚肚白即乘小舟出海釣魚，凌晨時段海魚索食強烈，魚獲甚豐，清晨風平浪靜，七時之前到達目斗嶼，下海潛泳一小時，與熱帶魚競技，生食野生蚵螺，返航後享盡魚鮮美味，午間休息補眠，傍晚在吉貝沙灘玩風帆、水上摩托車、拖曳傘，夜間聽濤賞月，眞是不亦樂乎。第二梯由鄭副主任帶領，鄭兄是坪林茶山子弟，不適水性，爲安全起見避免同仁下水，僅作岸上觀，兩天下來，人人脫皮。三天旅程人人終生難忘，但難忘的「情節」大不相同，如何讓自己的一生「生動有趣」恐怕要先培養享受生活的能力，筆者膽敢鼓勵晚進，「生命要不斷學習才豐富」。

「西風的話」希望能達到廣聞益智的功能，更希望給大官貴人以及農漁業人有反省的空間。

西邊吹來的風，總讓人聯想到對岸的空氣，近年來西岸似乎上下一體，思想單一，團結而有力。反觀台灣：意見紛歧，互相攻訐，言行散亂令人憂心。日前有幸訪問海南，席間談起近日台北「天下圍攻」乙事，大陸人士卻對於台灣保障人權，自由民主的風氣反而羨慕不已。兩岸交流總是糾纏著統獨話題，在廈門另有一場餐會，國共各半，一桌十人，祖籍福建者佔九人，因爲歷史背景不同，思想不同，連談話口氣也不同，但是因此翻臉倒也不必。兩岸現況雖然明知和則有利，但是求同之前各自存異，可不必爲敵。

春秋戰國時天下文字十九種，嬴政去十八只取其一，天下一統爲始皇帝。兩千年後有人棄中國而醉心拉丁化，雖未成局卻造成文字分裂，現在世界各國光碟如有中文字幕必分兩體，原來高喊統一之前先製造分裂，在漢字尚未回歸正體，奢談統一恐是一大諷刺。今夏登天山遇維吾爾人，問君何處來？筆者回望大漠無邊無際，遙指東方「來自台灣」，問者、答者同感天涯海角何其遙遠……，頓時疆獨、台獨也變得模糊……。

「西風的話」希望能達到廣聞益智的功能，也希望有勵志勸世的效果，更希望給大官貴人以及農漁業人有反省的空間，得意時正氣浩然，失意則時窮節見，有時反向思考亦無妨，失勢時浩然正氣，得勢則思窮見節，如何？

附錄〔讀者迴響〕

其人、其事、其話

廖春暖

談起西風就必須話說從頭，緣起二〇〇五年十二月的某日，丁總編輯來電辦公室，談起了稿件緩登事宜，也說起了編輯甘苦，而我卻興奮地讚許編輯團隊的用心，一年來《農訓雜誌》的進步，有目共睹，尤其每期郵差一到，總迫不急待地先看「西風的話」這篇專文，因爲農家子弟的背景，服務農會廿餘年，該專欄讀來，深入淺出，幽默風趣中寄語農會的改善之路，睿智而明確，讓我這農會人覺得如入寶庫。丁先生倒是提醒我，讀者應該適時的給予反餽，否則作者僅應允寫作一年，來年再邀稿不成，恐怕無緣再見了。

一封簡約的文字表達了敬意，試著傳達希望二〇〇六年有緣再見林顧問的文章，並且隨即動手開始剪集的工作，也再三反覆地研讀文意內涵，希望從文章中愛農會、愛農民的表現，滋養自己對農會服務的熱忱，蘊含職務上解題的良策。譬如〈柳丁一箱可賣二十萬，係金乀？〉一文中道盡了農民的心酸與無奈，卻點出了解決農產品盛產滯銷的好方法，產地農會的服務，當引爲圭臬。又譬如、〈交替與傳承〉期勉了新世代農會人當以「新的方法，追求老的目標」，用智慧及清新的腦、謙卑的心，努力演好交替與傳承的使命。老爸爸是一個老農，中風十餘年，即便坐著輪椅不良於行，青光眼雙眼僅餘單眼弱視，仍然經常記掛著休耕的田，是不是翻耕了？田埂有沒有毀壞？總要家人不定時地帶他到田邊遠望，在老農的嘆息中，怎是一個愁字可了得。〈「農村憂鬱」症候群〉寫實了老農的憂愁和愛家園的心聲。

三月十六日九時許，忙著爲櫃上的客戶解說，一個沉穩卻陌生的聲音在電話的那頭響起，林顧問介紹了自己，並且客氣地說南下開會順道來訪，我不可置信地懷著忐忑的心等待，數度出了辦公室的大門吹吹風，以整理情緒，心想，一位數年來在相關雜誌報導中的農業界領導者，將蒞臨這個小小辦公室指導，使我備感榮幸。果然半個多小時後，見到了獨自駕車來訪的長者，「係金ㄟ！」林顧問風度翩翩，談起了農會事，也說起了「一一二三與農共生」，那個全省農會命運之所繫的緣由，我彷彿重新再走一趟那個不確定有明天的日子，以及那段與農友們攜手前進總統府而只許成功不許失敗的奮鬥時光，內心升起了由衷的感恩，林顧問的用心和智慧，激起了農會人的危機和空前的團結，也化解了百年老店被黑手搶奪，農民無家可歸的悲劇，代表老農也代表農會人，更代表了我這個晚輩的當面受教，拙言只說出了「謝謝」兩字。

看完了〈西風帶來什麼話〉，再三小心地剪下來併入輯冊中，閉起雙眼想起了紛亂的社會，以及今日底層小老百姓的窘境，爲了過期繳納的地價稅，三顧出納櫃前表示領了薪會儘快來繳的情形，我心不由得痛楚了起來，西風帶來的話淺顯而深遠，關於農民，關於農會農業，更關於民生國家，愛鄉土是行動而不是口號。西風吹起，有點涼，但卻讓人頭腦清醒、精神抖擻，路因此走起來更有定見。

（本文作者爲大溪鎮農會崎頂辦事處主任）

【註】據醫界統計老農因長期直接曝曬於烈日下，青光眼比率十有六七，也算是職業病。

INK PUBLISHING
印刻

深 耕 文 學 與 生 活

劃撥帳號：19000691　成陽出版股份有限公司　掛號另加20元
本書目所列定價如與版權頁有異，以各書版權頁定價為準

經商社匯

1.	經濟學者的14堂法學課	熊秉元著	260元
2.	阿達新聞檔案之社會萬象	范立達著	200元
3.	阿達新聞檔案之調查局探案	范立達著	200元
4.	阿達新聞檔案之兩岸故事	范立達著	200元
5.	阿達新聞檔案之調查局內幕	范立達著	200元
6.	智力資本──知識管理13堂課	周宗耀著	280元
7.	中國商務應用文書手冊	蔡富春主編	220元
8.	改變想法就能改變命運	朴鍾夏著	260元
9.	NQ時代	金武坤著／盧鴻金譯	280元
10.	財富智商──改變想法你也可以變富翁	朴鍾夏著	260元
11.	警察故事2──未曾遺忘的兄弟	張道藩著／邢定威攝影	240元
12.	經濟學始於佛法式微處	熊秉元著	280元
13.	十年後的世界	孔柄淏著／盧鴻金譯	300元
14.	十年後的中國	朴漢真著／金炫辰譯	280元
15.	收視率萬歲──誰在看電視？	劉旭峰著	280元
16.	收視率葵花寶典	劉旭峰著	350元
17.	解讀中國的未來	首爾新聞特別採訪小組編著／盧鴻金譯	300元
18.	西風的話──一個農業尖兵的沉思筆記	林錦洪著	240元

People

1.	總裁業務員	黃志明著	260元
2.	只怕陳文茜	陳文茜著	280元
3.	一泉活水──陳其寬	鄭惠美著	260元
4.	台灣最美的人──證嚴法師與慈濟人	趙賢明著	260元
5.	台灣菊──陳菊．台灣菊．台灣最後的情義	張麗伽著	240元
6.	世界之女呂秀蓮	韓．柳敏珠著／金炫辰譯	300元
7.	福爾摩沙詩哲林亨泰	林巾力著	280元

幸福世界

蜜蜜甜心派——幸福的好滋味1～7	朴仁植／策畫	單冊	260元
蜜蜜心世界1～6	齊威國際多媒體／策畫	單冊	230元
五歲的心願	丁埰琫原著／丁利泰改編		199元
哭過，才知有幸福	李知宣著／金炫辰譯		260元
大麥村的夏天	李萬喜原著／河銀敬改編		199元
連結世界的渡河石	李喆奐著／姜銓喜圖		180元
種在天堂的花	李喆奐著／金映坤圖		180元
老師的眼淚	李喆奐著／金慶姬圖		180元
真正的友情	李喆奐著／金慶姬圖		180元
愛是泳不止息	黃桂瑛著		280元

Canon

1.	李登輝執政告白實錄	鄒景雯採訪記錄	399元
2.	浮出——尹清楓案為何剪不斷理還亂	涂鄭春菊著	260元
3.	搶救國庫——你應該知道政府怎麼用錢	張啓楷著	300元
4.	教改錯在哪裡？——我的陽謀	黃光國著	200元
5.	六十七個笑聲	王世勛著	230元
6.	公僕報告——千日維新的執政告白實錄	向陽、呂東熹、黃旭初著	220元
7.	十年後的台灣	楊　照著	300元
8.	馬扁世紀末首戰——再戰2012?	游鴻程著	300元
9.	政經不正經	唐湘龍著	260元
10.	綠色年代——台灣民主運動25年（上、下）	張富忠、邱萬興／編著	2000元
11.	我不愛凱薩	王健壯著	280元
12.	世界的台灣	呂秀蓮著	320元

Magic

1.	美食大國民（1）	八大電視台「美食大國民」製作群策畫	199元
2.	美食大國民（2）	八大電視台「美食大國民」製作群策畫	249元
3.	美食大國民（3）	八大電視台「美食大國民」製作群策畫	249元
4.	喝自己釀的酒（水果酒）	王莉民著	180元
5.	喝自己釀的酒（糧酒、養生酒、年節酒）	王莉民著	180元
6.	喝自己釀的酒（壯陽酒、美容香花酒）	王莉民著	180元
7.	浴身——藥浴藥枕DIY	王莉民著	220元

漫畫世界文學名著

1.	小王子	聖修伯理原著	280元
2.	羅密歐與茱麗葉	莎士比亞原著	280元
3.	簡愛	夏綠蒂・勃朗特原著	280元
4.	金銀島	史蒂文生原著	280元
5.	最後一片藤葉	莫泊桑等著	280元
6.	莎士比亞	莎士比亞原著	280元
7.	西頓動物記	湯普森・西頓原著	280元
8.	長腿叔叔	琴・韋伯斯特原著	280元
9.	清秀佳人	蒙哥瑪麗原著	280元
10.	小婦人	露薏莎・梅・阿爾科特原著	280元
11.	安妮的日記	安妮・法蘭克原著	280元
12.	孤星淚	維克多・雨果原著	280元
13.	罪與罰	杜思妥也夫斯基原著	280元
14.	化身博士	史蒂文生原著	280元
15.	塔木德經	羅金美文	280元

Smart

1.	一男一男	孫　哲著	160元
2.	只愛陌生人	陳　雪著	199元
3.	心的二分之一	曾　煒著	249元
4.	無性別界面	Arni　著	160元
5.	空城	菊開那夜著	200元
6.	這樣愛	楊南倩著	220元
7.	菌類愛情	孫　哲著	160元
8.	愛在哈佛	田　旭著／黃蘭琇譯	299元
9.	愛上小男人	鄧博仁著	220元
10.	煙花	黃士祐著	240元
11.	我丟失了我的小男孩	易　術著／林育暐圖	230元

冠軍

1.	求職總冠軍	潘恆旭著	200元
2.	肥豬變帥哥	阿　尼著	180元
3.	春去春又回——楊佩佩的戲劇人生	林美璱著	180元
4.	打電動玩英文 & 新世代遊俠宣言	朱學恆著	199元

INK PUBLISHING 經商社匯 18

西風的話
——一個農業尖兵的沉思筆記

作　　者　林錦洪
總 編 輯　初安民
責任編輯　陳思妤
美術編輯　許秋山

發 行 人　張書銘
出　　版　INK印刻出版有限公司
台北縣中和市中正路800號13樓之3
電話：02-22281626
傳真：02-22281598
e-mail：ink.book@msa.hinet.net
網　　址　舒讀網http：//www.sudu.cc
法律顧問　林春金律師

總 經 銷　展智文化事業股份有限公司
電話：02-22533362・22535856
傳真：02-22518350
郵政劃撥　19000691 成陽出版股份有限公司
印　　刷　海王印刷事業股份有限公司

出版日期　2007年3月 初版
ISBN　978-986-6873-09-6

定價　240元

國家圖書館出版品預行編目資料

西風的話
一個農業尖兵的沉思筆記／林錦洪著--
初版，--臺北縣中和市：INK印刻，
2007〔民96〕面；　公分（經商社匯；18）

ISBN 978-986-6873-09-6（平裝）
1.農業-台灣-論文，講詞等
430.9232　　96001815